1988：我想和这个世界谈谈

韩寒　著

天津出版传媒集团
天津人民出版社

序

这部小说完成在2009年至2010年之间，我从2009年的夏天就开始落笔，多事之夏，最终停滞。到2010年初的冬天继续开始，再停滞。一直到2010年的夏天，一样是多事之夏，但完成了《1988》。“1988”是里面主人公那台旅行车的名字。本来这本书就叫《1988》，序言是我想和这个世界谈谈，不料期间日本的村上先生出了一本《1Q84》，我表示情绪很稳定，但要换书名。又是几经周折，发现再无合适。就好比在孩子要出生之前，你已经为她想好了名字，并且叫了一年，忽然间隔壁邻居比你早生了一个和你叫了差不多名字的小孩，你思前想后，发现其实内心已经无法更改。最后她还是叫《1988：我想和这个世界谈谈》。

如果未来还有，那就是《1988：我也不知道》。

故事在书的末尾告一段落，不知道它是否能有新的开始。我从来没有用这种方式和文字写过小说，仿佛之前的一切准备都是为了迎接她。在过往，我觉得自己并没有做好准备，是否能这样去叙述。但是在这个凌晨，我准备好了，让我们上路吧。以此书纪念我每一个倒在路上的朋友，更以此书献给你，我生命里的女孩们，无论你解不解我的风情，无论我解不解你的衣扣，在此刻，我是如此地想念你，不带“们”。

1

空气越来越差，我必须上路了。我开着一台1988年出厂的旅行车，在说不清是迷雾还是毒气的夜色里拐上了318国道。这台旅行车是米色的，但是所有的女人都说，哇，奶色。1988早就应该报废了，我以废铁的价格将它买来，但是我有一个朋友，他是1988的恩人，他居然修复了1988。我和朋友在路边看见1988的时候，它只有一个壳子和车架。

朋友说，他以前待的厂里有一台一样的撞报废的车，很多零件可以用，再买一些就能拼成一台能开的车。只需要这个数目，他伸出了手掌。

我问他，那这个车的手续怎么办？

朋友说，可以用那辆撞报废的车的手续。

我说，车主会答应么？朋友说，死了。我说，车主的亲戚也不会答应的。朋友说，都在那车里死光了。我说，那是不是不道德？

朋友说，本来是都死光的，现在你延续了这台旅行车的生命。所以你要给这台旅行车取一个名字。

我问他，这是什么时候出厂的车？

我的朋友在车的大梁处俯身看了许久，说，1988年。

1988就是这么来的。

而我的这个朋友，我此刻就要去迎接他从监狱里出来，并且对他说，好手艺，1988从来没有把我撂在路上。

我和1988在国道上开了三个多小时，空气终于变得清新。我路过一个小镇，此时天光微醒。小镇就在国道的两边，黑色的汽修店和彩色的洗浴城夹道而来。看来这个镇子所有的商业都是围绕着这条国道上过往的卡车司机。我看中了一家金三角洗浴城，因为这是唯一一个霓虹灯管都健在的洗浴城，不光如此，它下面的“桑拿”“休闲”“棋牌”“客房”“芬兰”这五个标签也都还亮着。

我将1988停在霓虹最亮的地方，推门进去。保安裹着军大衣背对着路睡在迎客松的招牌下的沙发上，前台的服务员不知去向。我叫了一声服务员，保安缓缓伸出手，把军大衣往空中一撩，放下的时候那里已经半坐着一个女服务员。服务员边整理头发边梦游一样到了前台后面。我微感抱歉，问道，姑娘，看你们上面亮的灯，什么是芬兰啊？

女服务员面无表情道，身份证。

我说，身份证我没带。

她终于有了一点表情，看了我一眼，说，驾照带没带？

我说，驾照我也没带。我就住一天。

她说，不行，我们这里都是公安局联网的，你一定要出示一个证件。你身边有什么证件？

我掏了全身的口袋，只掏出来一张行驶证。我很没有底气地问道，行驶证行么？

不想姑娘非常爽快地答应了。

我生怕她反悔，连忙将1988的行驶证塞到她手里。她居然将

1988的发动机号天衣无缝地填在了证件号一栏里，然后在抽屉里掏了半天，给了我一把带着木牌的钥匙。她向右手边一指，冷冷说道，楼梯在那里。

我顺着她手指的方向望去，又看见了迎客松下睡着的保安。整个过程里他丝毫未动。服务员关上了抽屉，突然间他又拉开了自己的大衣。这也太自动化了，我暗自想到。女服务员突然对我说道，芬兰就是芬兰浴。

我强笑了一声，玩笑说，这样我就懂了，干吗没加一个浴字呢？

服务员藐视着说道，这两个字两个字都是两个字，这是排比，不好看么。

我正要继续提问，只见躺在沙发上的那一位挥了挥翅膀，女服务员马上识趣道，不跟你说了，你自己上去吧。

打开房间门，环顾这房间，发现也许是我的期许太低，觉得这个地方还算不错，缺点就是窗户很小，而且因为在二楼的缘故，它被六根铁栏杆包围着。此时天光要开，外面是一棵巨大的树木。我躺到床上，正要睡去，突然间有人敲门。我下意识地摸了摸口袋，以为是有东西遗落在登记台上，除了1988的钥匙在桌子上以外，其他一切安在。我对门口说，谁？

门口传来女声，说先生请开门，让我进来详谈。

我想这个时间，这是什么妖精。于是伏在门边，问道，你是哪位？什么事情？

女声说道，先生，我是珊珊，让我进来你就知道了。

我顿时明了，这是特殊服务。我决定透过猫眼先一窥姿色。但是发现这个酒店的门上并没有猫眼。这下只能开门见“珊”了。我是一个正直的人，去过很多城市，遇见酒店特殊服务一般在猫眼里看一眼就回绝了，当然，也放进来过两个，那是因为她们漂亮。我认为只要开了门，哪怕进来一头猪我也必须挺身而出，因为我们已经瞧见彼此的模样，我怎能看见要将她撵走时她脸上的失望。在这个旅程的开始，我就赌一次天意，门外的姑娘是自己喜欢的类型。于是我打开了门。

珊珊长得非常普通，但我已经不好意思驱逐她。出于礼节，我也必须从了她。我问她，你叫什么名字？刚问完我就发现了自己的心不在焉，马上补了一句，我说的是真名，不是艺名，你叫什么真名。

珊珊说，我姓田，叫田芳。

我说，嗯，那我还是叫你珊珊吧。

珊珊在房间里走了一圈，拉上窗帘，坐在床沿，说道，先生，你知道我们这里服务的项目么？

我说，你说。

珊珊玩弄着自己新做的指甲，说，我们这里半套一百，全套两百。

我说，那你们这里服务好不好？

珊珊看着我，笑道，放心吧，给你的，都是好的。

我没有什么兴致，问道，你这里有四分之一套么？

她回过头来，怔怔地望着我，说，先生，您不是开玩笑吧？

在全套之后，她利索地穿上了衣服。我问她，你怎么能这么快知道我入住了？

珊珊说，因为我一直没有睡觉，你知道，我们这里大概有三十多个技师，但是这里都是卡车司机住的，大家全部都是路过，谁也没有固定的客人，要等妈咪排钟的话，也许要等到两天以后了，所以我特别认真，姐妹们都睡觉了我还伏在门口，听到有人回房间了我就上来敲门。大半夜的，一般客人也不会换来换去的。我的点钟特别少，因为有些人，特别是广东人，他们特别喜欢选号码，八号和十八号就点得很多，我的号码不好，要靠自己。你以后要是过来，直接点我的号码就行了。

我说，大家都像你这么敬业就好了。你是几号？

她说，我是三十八号。

我说，嗯，那我还是叫你珊珊吧。珊珊，你为什么不换一个号码呢？

珊珊把自己胸前的号码扶了扶，说，我们这里从一号到四十号是上门的，四十号以后都是正规捏脚的，我和妈咪的关系没有搞好，我就没轮上好号码。

我有些困意，打算聊最后几句。我早就不是劝妓女从良的纯洁少男，但我必须得劝她注意身体，不要变成工作狂。我说，珊珊，我要睡了，你工作也不要这么拼命，你看现在……

我拉开了外面的窗帘，阳光抹在了墙壁上，我这才发现这个酒店如此斑驳，说道，你看现在，大早上的，你太勤奋了。

她说，我知道了，先生，你要包夜么？

我迟疑了一下，一看从窗帘外面透出来的阳光，心想这还算什么包夜，这都是包日了。我礼貌地问道，包夜都能干什么啊？

珊珊回答道，包日。

我笑了笑，说，算了珊珊，下次我再点你吧，你快回去吧。

珊珊说，包夜只要再加五十，你醒了以后随便你做什么都可以。

我有些不耐烦，因为我害怕困意消失，而此刻的阳光正开始刺眼，它从树缝中穿出正好投射在我的脸上。我站起身，企图将窗帘拉上，但是这个窗帘不管怎么拉都有一个缺口，我想如果这个缺口一直存在，我将心中难受，一夜无眠。我用了很多方式，发现始终没有办法将窗帘拉严实。我搬来一把椅子，打算站上去从最上面开始拉起。

珊珊此时又问一句，先生，你包夜么？

我有点心烦，说，我给你五十，你就给我站在这个缝前面给我遮光。

珊珊二话不说，站到了椅子上，顿时房间里暗了下来。我心中虽有感动，但更多鄙视，想这姑娘真是为了钱什么都做得出来。我也不知道说什么好，躺在床上拉上被子就打算睡觉。虽然背对着窗，但我始终觉得奇怪，有个女的上吊似的站在椅子上，还不如让阳光进来。我未看珊珊一眼，说道，珊珊，钱是赚不完的，你早点回你自己那里休息吧，你年纪还小，不能满脑子只想着多赚一点是一点，你要这么多钱干什么呢？你……

窗户那边说道，因为我有了不知道谁的孩子，我要生下来。

我缓缓地转过头去，珊珊依然高高地站在原地，伸出手拉着窗帘，最顶上无法严合的那个部分透出最后一丝光芒，正好勾勒了她一个金边。随着窗帘微微地颤动，她的光芒忽暗忽亮。我看了半晌，说道，来，玛利亚，你赶紧下来吧，睡床上。

第二天我们醒来已经是傍晚了。我打开小窗户，微风进来。我开始仔细打量着窗外，这是一个多么灰暗的小镇，我的眼前一片灰瓦屋顶，沿着国道两边毫无美感的小店招牌，过往的货车司机正在挑选吃饭的饭店。一辆空载的卡车正在我们的楼下停车，儿童在卡车旁边玩着球。一列火车从百米外的铁轨上经过，我数着一共有二十三节。数火车是多么消磨时间的方式，唯一的缺点就是没有办法验算。但是何妨呢，恼人的时间在这一刻没有痛苦地过去，而是全神贯注。楼下的儿童也和我一样在数火车，最后一节火车过去后，他转身对他的父亲说，爸爸，是二十四节。

他的父亲没有搭理他，继续指挥着卡车倒车。

珊珊醒了过来，冲到洗手间去呕吐。吐完以后问我，先生，你还要来一次么，不算钱，这个是算在包夜里的。

我点了一支烟，看了看她，旋即又掐了。我说，你怎么会不知道爹是谁呢，不是都有安全措施的吗？珊珊说，嗯，先生，我们这里除了半套和全套以外，还有一个叫不用套，再加五十就可以了。我估计是我吃的避孕药失效了。

我又把烟点了，说，那就是你活该了。你最好找到孩子的爹。你一个小姑娘，你怎么能抚养？

她说道，我能够抚养，你说，这孩子长大以后做什么呢？

我无意帮她规划未来。珊珊继续说道，总之，我不能让她干这一行。我这一行再干十五年，正好能抚养她。你看，我现在一个月也能收入四千多，我已经攒了两万块，一万块可以生她下来，一万块算奶粉钱，可以养一年，我停工的那一年正好可以抚养她，然后我就得马上开工，我不能让人家知道我生过小孩。我干十五年，如果每年能赚差不多五万块，这个小孩子就能上学了，就是万一她有出息，考上了好的大学，我估计就吃紧了，最好还是得想其他办法再赚一点。我最怕就是开家长会，这个地方太小了，不能在这个地方上学，否则一开家长会，一看其他孩子他爹，弄不好都是我的客人。我还是换一个别的镇去。干几年就得换一个地方，否则别人就知道孩子她妈是干这行的。到了这个孩子十六岁，我还能养。

我说，你对未来的规划够仔细的。

珊珊摸了摸肚子，说，那是。我就崇拜我妈，我从小的心愿就是做妈。

我说，那你不知道这孩子的爹是谁，不是有点遗憾？

珊珊认真地反驳道，不遗憾，反正我从小的心愿又不是做爹。

此刻的阳光又要落下，我们睡得不巧，将白昼全部抹灭去。天空里的黑色浓墨一样化开。我问珊珊饿不饿，我不能整天都将自己闷在这样的一个空间，我需要开门，但我只是把自己闷到稍大的一个空间里而已，那些要和我照面走过的人一个个表情阴郁，但纵然这样，我也需要新鲜的空气。我顺手拿起珊珊的内裤，递给她，说，穿上吧，后会有期。

突然间，房门被踹开了，踹房门的力量如此之大，门框的木屑都飞到了窗帘上。门撞到墙壁上又反弹了回去，门口传来一声“哎呀”。我还在想是哪个服务员这么豪放，至少有十个人破门而入。我都未及仔细看，就被此起彼伏的“站住”“抓住了”“干什么”所包围，我早已经一动不动，周围的人还在源源不断地向我压来，我被第一个人反剪了手，脸被不知道谁的手按在地上，还有三只手掐着我的脖子，一个人的膝盖直接跪在我的腰上，两条腿分别被两个人按着，但是我感觉至少还有三个人要从人堆里插进来。我觉得很内疚，因为我身上已经没有什么部位可以供给他们制服，从他们进来的第一秒钟开始，我已经一动都不能动，但是他们却在我的身上不断地涌动，并且不断地大喊，不许动。

我从他们手的缝隙里看见了珊珊，她被另外五个人围在墙角。另外有一台摄像机高高举起，它被摄影师端过头顶，在房子里不断地拍摄。珊珊抱头蹲在角落里，我见她扯了几把窗帘，我想她是要裹身的。旁边有人呵斥道，不要乱动，干什么干什么。珊珊继续拉扯了几下窗帘，气氛顿时紧张了起来，我这里感觉轻了一点，有两个人从我这里起身扑向珊珊，他们掏出手铐，直接把珊珊铐在了落地灯上，并且指着她咆哮，叫你不要乱动，你想要干什么，你想要干什么？老实一点。

我数了数，心想，可能这十五个人害怕珊珊用窗帘把他们都杀了吧。

气氛终于平静了下来，我又听到“哎呀”一声，周围取证的人们一阵骚动，结果发现是摄影师在叫唤。摄影师尴尬地看着大家，说，不好意思，刚才光顾着举过顶拍摄内容了，镜头盖没有开，只录到了声音，你们看行吗？

一个男子到他身边面露不悦，低声说了几句，转而对我说道，刚才我们这里取证发生了一点问题，现在我们要重新进来一次，你就保持这个姿势不要动，手里东西呢，你刚才手里东西呢？喏，在这里，你把这条内裤拿好，保持这个姿势不要动。

我指着珊珊问道，那她怎么办，她已经被铐起来了。

男子思索半晌，说，就这样，她不老实，万一跳楼什么的，女人什么事情做不出来，她就还是这样，铐在落地灯上。

我绝望地说道，那你们千万不要照着虐待罪来处理我。人是你们铐的，不是我铐的。

男子踹了我一脚，道，话多。

说罢，他们全部退出房外。但是房间门已经完全不能关上，总是要往里开。摄影师掏出自己的手帕，压在门缝里。门终于关严实了。

一样地，门被刚才和我对话的男子重重踹开，但是由于之前已经踹过一次，连接处已经松动，这一脚直接把门都踹脱了门框，手帕飞了出来，在我眼前掠过，在空中完全地展开。我仔细看，手帕上绣了一座雷峰塔，正好落在我的脚边，我连忙拾起手帕，扔给了珊珊。珊珊接到手帕，迟疑着，因为她有三个要遮的地方，实在不知道遮哪比较合算。我大喊一声，遮脸。

旋即，我被一脚踢晕。

醒来的时候我已经在审讯室。我的左侧脸颊挨了一脚，位置靠近太阳穴。我的泪水流了下来，我不知道为什么，因为我没有丝毫的伤心。我伸手抹去，发现是血迹，血迹怎么能从我的眼角流出？我要了一张餐巾纸。坐在我对面的是一个总在冷笑的人，他见我醒来，第一句话便问道，那个女人叫什么名字，生日是多少？

我无力地回答道，田芳。

他一个暗笑，说，不对，她证件上不是叫这个真名。

我心想，真是王八蛋啊，这么难听的名字居然还是个艺名。我垂死挣扎道，我不知道，反正我认识她的时候她就叫田芳。我该怎么处理？

他停下笔，看着我，说，劳教半年。

我说，有没有什么办法不劳教？

他说，办法只有一个，就是你签署一个合同，说你身体一切正常，以后如果出任何问题，和我们这次行动都无关。要不然就是劳教半年，但你如果出了任何问题，和我们这次行动也无关。签吧。这个是你合算了，你利用了我们执法中的漏洞。以后就没有这么幸运了。

我毫不犹豫地完成了这个交易。

2

这个世界上没有什么比从高墙里走出来更好，虽然外面也只是没有高墙的院子。墙壁上是斑驳的红色大字，我都不记得上面写了一些什么，应该是四个字四个字四个字和四个字。墨绿色的铁门就似我童年记忆里学校工厂的大门，我们常常去那里偷一些有趣的金属零件。我坐在对面的电话亭下面，想等珊珊从里面出来。不知道这个孕妇此刻在做或被做着什么。我想她只要亮明她的身体状态，她就能从里面出来。无论是多么面目狰狞的人们，除了他们指着鼻子骂我以外，我其实始终都能记得他们不经意间的叹息，我不认为那是人类在压迫下容易满足的贱，而是不经意间流露出来本是同类的交流。但当我想去挖掘的时候，大地马上就把井盖给盖住了，说，朋友，你想都不要想。

在等待珊珊的时光里，我顺着刚才的感触重新回忆了一遍我儿时的校办厂。

那是一个神秘的工厂。在我小学的时候，有一个儿童乐园，那时候我觉得它好大。一直到第一次同学聚会的时候，班级里最发达的同学站在六楼，看着儿童乐园，对我说，你看，我小的时候觉得它好大，现在一看，这个还没有我们家的院子大。小时候就是容易满足。

我在边上附和道，是那时候你人小，现在你人大了，参照物不一样了。

我小的时候在乡下，有一个车站，小时候走过去觉得好远，至少要走半个小时，后来我回了一次老家，没几步就走到了。那是因为我们现在的步伐大了。

最发达说道，嗯，你这个提法很有意思，步伐大了。

在结束了这个现实的互相介绍自己的工作和职位的同学会以后，我一个人去儿童乐园里走了走，用步伐度量了一下，长四十八步，宽二十步，那是我小学里所有可爱回忆的所在，现在终于也变成了一个数据。我记得在一个阳光刺眼的中午，我爬上了滑梯的最高处，纵身一跃跳到了旗杆上，顺着绳子和旗杆又往上爬了几米，那是一个从来没有任何同学到过的制高点，我被飘扬的国旗裹着，眺望整个学校。

暑假就要到来了。

我艰难地挪动了屁股，视线从教学楼转到了厕所，没有什么好看的。让我来说说那时候我们的厕所，在这个最早的青春期里，我记得我们的便池和女生厕所的便池是背靠背的，当中隔开了一堵墙，那堵墙高两米。我量过。现在的我一度想过，如果姚明来我的学校大便的话，当他起身提裤子，他一定能看见对面。

那个时候上厕所，对面的谈话都能听得一清二楚，因为有两个通道，一个是头顶上的通道，另外脚底下便池也是通的，所以对面女生聊天都是立体声。由于一共有八个便池，所以是环绕立体声。

她们聊天的声音多么甜美，内容多么无邪，音质多么悦耳，虽然还伴随着急切的嘘声。我曾经幻想，如果有那么一天，那堵墙倒了，将是什么样的情景啊。这个幻想在小学的我脑海里进行过几百次。

在旗杆上的我又挪了挪屁股，于是我看到了那一家校办厂。那时候的建筑在屋顶上有一个小天窗，天窗年久失擦，还长出了青苔，透过一点点光能透过的玻璃，我看见里面的工人们都在紧张地忙碌。他们在一张长条的巨大金属桌子上打磨什么东西，那一定是很好玩的东西。

我正想着，突然之间一声哨响。我低头一看，什么都看不见——被我自己的脚挡住了，但是我听见体育老师刘老师的声音，他语速很快，说，同学，同学，你不要动，我们马上来救你。

我发现我的确已经不能动了，那是四层楼的高度，我已经不能再越回到两层楼高的滑梯上了。我的手也已经出了汗，要不是抓着钩升降国旗绳子的钩子，我估计差不多就像自由落体般滑下去了。老师们很快动员了起来，把我们所有跳高跳远仰卧起坐的垫子放在我的下面，刘老师负责稳定我的情绪，告诉我抓紧了，不要害怕，学校正在组织抢救。

我在旗杆上烤着，汗珠越来越大，脚也开始勾不住。我看了一眼教学楼，发现由于老师们都出来搬运垫子了，所以学生们都已经失控了，六层楼高的校舍走廊上，全部都是五颜六色的同学们和齐刷刷黑色的脑袋。

我的班主任看着垫子，小声说了一句，这个厚度不够，还是会有危险的。

刘老师拨开了班主任，说，如果这个小子掉下来，我会接住他。

不知道哪个看热闹看出了参与感的同学想出来要把自己的书包

也垫在下面，不到一分钟的时间，教学楼里一阵喧闹，所有的同学们都喊着，拿书包去救命，拿书包去救命。男男女女们都拎着自己的书包往我这里拥来。我们当时每个年级有四个班，每个班有五十个学生，一共有六个年级，总共一千两百名学生，累计一千两百只书包，在不到五分钟的时间堆在了一起。这些书包足足堆了三米多高。一千多个学生就围在儿童乐园的旁边，学校里广播不停地喊，请所有的学生回到自己的教室，请所有的学生回到自己的教室。但是没有一个学生回去。

老师们围成一圈正在商量，体育老师觉得，书包有软有硬，万一掉下来，脑袋砸在铅笔盒上也是一个悲剧，所以还是应该发挥垫子的作用。可是这些垫子现在被埋到了最底下，发挥不了作用，应该把这些垫子抽出来，然后放在最上端。

现场换成了我的班主任不停地给我喊话，她喊道，你要抓紧了，我们都在全力地营救你，你不要往下看，你就往前看，看看风景，看看这个镇，不要想你在旗杆上，你就觉得你是在家里，不要客气，你就感觉你在家里的沙发上，你感觉到了吗？

我还真感觉不到。但是我真的一点都没有客气。风越来越大，旗杆开始有一点晃动，我还在旗杆的最顶端摇着。整个学校连门房间的大伯和扫地的大妈都出来看我了。不过我一直觉得很奇怪，在那个校办厂里，始终紧闭着大门，那些人还在全神贯注地工作，有一个人抬头看到了，马上又低下头去打磨他的零件。在这样重大的群体性事件中，他们还能保持这样的工作，他们究竟在干什么？

作为一个标杆性的人物，我已经快用完我所有的体力了。老师们在内部商量，学生们在外部观看，我那个时候的视力很好，在茫茫的人海里，我锁定了一个人。我以前怎么没有看到过你，同学，你是哪个班级的，你仰头看我的神态好漂亮，我虽然高高在上，但是已经彻底为你臣服，等我落地了以后，我一定会来找你的，同学。桃红色碎格子衬衫，浅蓝色裙子，马尾辫不戴眼镜的这个女孩子，你仰起的脸庞就像是我用手指抬起了你的下巴，你好奇的眼神就像我用另外一只手在撩起你的刘海。同学，我爱你。这是我生平第一次爱上一个人，只是我没有想到是在这样的一个人生的高度上，而且还身裹国旗。

我的视线一直牢牢地盯着这个女生，心跳加速。

我脚下的老师正在忙着把垫子换到书包的上面，因为要抽出垫子，所以导致书包垒成的缓冲层往下倒塌了一点，这引起了同学们的一些不满，认为老师们很自私，要把自己的东西放在上面。体育老师问了一句话，他问我，这样如果跳下来的话，会不会疼。

我已经意识到了，群众经过不懈的努力，以或热诚的，或真挚的，或看热闹不怕事大的心态完成一个作品，就像武器专家其实盼着打仗一样，他们应该会盼着我从上面掉下来，好检验检验他们的产品。但是我不在乎这些，我只在乎这个女生，她被裹在汹涌的人潮里，我的眼睛始终牢牢地盯着她，我的人脸辨识系统和自动跟焦系统全速地工作着。每一眼的对视都给了我力量。虽然我知道，那其实是一种一对一百的对视，地上的人们，你们一定以为我在看你们，其实不是的，我在看她。

在记忆里，我记得她突然不知何故转身走了，也许是被我看毛了。我伸出了手，想隔着几十米的空气留住她。啊！我掉了下去。

那自由落体的感觉——我已经忘了。在一口呼吸的时间里，我掉在了垫子上，周围都是高声的欢呼，但是接触到书包的一刹那，我还是两眼一黑。我摔到了两个垫子的接缝里，直接摔在了书包上，我只记得一本书的书角插了我的小鸟一下，好痛。那是一只黄色的圣斗士系列书包，上面的图片正是我的偶像——不死鸟一辉。我忍痛抽出了那本插我的书，那是一本高年级的课本，我把书塞回到了书包里，紧紧地拽着那只书包，书包上的一辉正盯着我看，那是真的盯着我看，我们都有眼神的交流。而后我能听到的声音越来越轻，我觉得肚子和胸口有点闷，老师们扑了上来，体育刘老师和班主任是最早到我身边的。他们一把把我抱在怀里，然后说，你在说什么，你说大声一点，你在说什么，大声一点，大声一点。

我用尽此刻全身的力气，说了三个字，那三个字我是说给那个女生听的，这是我的心声，我脑海里都是她的影像，我第一次感受到爱的奇妙，她让我超脱了生理的痛苦。我揪着班主任的衣领，艰难地反复呢喃着这三个字——不死鸟。

我醒来的时候是在乡卫生院。旁边放了一张报纸——《乡的风貌》。《乡的风貌》是我们亭新乡文化站办的报纸，在《乡的风貌》第四版上，赫然写着《亭新乡小学一学生爬上旗杆，全校师生团结抢险》，报纸上的题记写道：

本报讯：一位五年级四班的同学在昨天不小心爬上了中心小学的旗杆，无法下来，全校师生积极组织抢险工作，共动用垫子三十六个，书包一千余只，成功地挽救了该小学生的生命。小学生获救后反复说，谢谢老师。

报纸还配了一张照片，照片上的我爬在玉树上临风。我看了看照片的署名，居然是我的同学！他是摄影组的人，原来我爬在旗杆上的时候，他们摄影组正在以我为题材进行创作，难道是我很好对焦吗？

三天以后，我上课了。仅仅是轻微脑震荡。我走进学校的时候顿生自卑，仿佛这里的每一个人都是我的救命恩人。理所当然地，同学们都在看我，他们在议论我，但是他们背地里都叫我猴子，因为我爬得高。我不喜欢尖嘴猴腮的东西，但是他们叫我猴子。这些我都不在乎，我在乎的是，我在找的那个女孩子，你是几年级几班几排几座？

3

回忆到了这里先了结一下，我抽身到了现实里。绿色的大门缓缓打开，一辆海狮面包车开了出来，里面应该是坐着很大的领导。他打了一个右转向灯，结果却左转了。我突然想起我的1988，1988应该还停在金三角洗浴城的下面。我叫了一辆黄色的客货两用车要去金三角。货车的司机要我十元，这个价格其实公道，但是我的包都还在房间里，身边只有六块钱。我说，师傅，我差四块，你能不能跑？

司机说，能跑，但是你只能坐在后面货车的斗里。

我问他为什么，你身边的座位不一样是空着的么？

司机很实在，他说服了我，他说，你坐在车里，但是钱没付满，我心里不爽，你在后面，我就能对我自己说得通，这个是客货两用车，你身上钱不够，你不能是个客，你只能是个货。

作为货的我，站在后车厢里，手抓着栏杆，望着这个县城，春风沉醉。虽然我的脸上还是疼，但是我能吹到风，虽然我的旁边有铁栏杆，但是我能纵身一跃，拍死在公路上，这已经多么自由。

我现在是货，十分钟以后，等我拿到了包，我就是客。只是不要耽误了我的行程。

我要从这里出发，沿着318号国道，开到那里的尽头。不要以为这只是一场肤浅的自驾游，不要以为我是无根的漂泊，我的根深深地扎在这片土地上，我一度以为自己是种子，被这季风吹来吹去，但是我终于意识到，我不是种子，我就是连着根的植物，至于我是一棵什么样的植物，我看不到我自己，那得问其他的植物，至于我为什么一直在换地方，因为我以为我扎在泥土里，但其实我扎在了流沙中。

这么多年来，一直是我脚下的流沙裹着我四处漂泊，它也不淹没我，它只是时不时提醒我，你没有别的选择，否则你就被风吹走了。我就这么浑浑噩噩地度过了我所有热血的岁月，被裹到东，被裹到西，连我曾经所鄙视的种子都不如。

一直到一周以前，我对流沙说，让风把我吹走吧。

流沙说，你没了根，马上就死。

我说，我存够了水，能活一阵子。

流沙说，但是风会把你无休止地留在空中，你就脱水了。

我说，我还有雨水。

流沙说，雨水要流到大地上，才能够积蓄成水塘，它在空中的时候，只是一个装饰品。

我说，我会掉到水塘里的。

流沙说，那你就淹死了。

我说，让我试试吧。

流沙说，我把你拱到小沙丘上，你低头看看，多少像你这样的植物，都是依附着我们。

我说，有种你就把我抬得更高一点，让我看看普天下所有的植物，是不是都是像我们这样生活着。

流沙说，你怎么能反抗我。我要吞没你。

我说，那我就让西风带走我。

于是我毅然往上一挣扎，其实也没有费力。我离开了流沙，往脚底下一看，原来我不是一棵植物，我是一只动物，这帮孙子骗了我二十多年。作为一个有脚的动物，我终于可以决定我的去向。我回头看了流沙一眼，流沙说，你走吧，别告诉别的植物其实他们是动物。

我要去向我的目的地。我要去那里支援我的兄弟们。

货车到了金三角，1988历久弥新，停了一夜都没有落灰。不知道为什么，在路上经常看见一样的老车，但是我自己那台总散发着特殊的光芒，我曾经把它停在另外一辆一样型号的旅行车旁边仔细端详，是不是我的那台在比例上真的要合适一些，但这两台车真的是一样的，我觉得这是精神的力量。

一顿饭出来，我就拿钥匙捅错了车门，我才知道，那是偏见的力量。不管怎么样，我都是那么喜欢1988。我发动了它，它的化油器被调教得多么好，一滴油都没有漏在地上。我开上了1988，沿着原路回去，到了门口，像便衣一样停着，直勾勾看着每一个出来的人，一直到太阳落下，我都没有能够看见她。我想，按照惩罚守恒，我作为一个没有抓到证据被弄伤的嫖客，他们很委屈地放了我，他们会不会对田芳，或者说珊珊加重处罚。

我开门走到门房间，说我要找人，要找那个和我一起进来的女的，她已经怀孕了。

门卫说，叫什么名字，在哪个科室？

我说我不知道。

门卫说，和你一起抓进来的啊，那现在还在审讯期间，你探望不到的。

我问他，我怎么才能探望到？

在最后的一抹亮光里，我看见她步履复杂地从门里走出来。我连忙迎了上去，说，珊珊。

珊珊看着我，怔了许久，说，我叫黄晓娜，叫我娜娜。

我说，我的资讯有点爆炸，你让我记了四个人名。

珊珊看着我，说，叫我娜娜。

我说，你为什么搞这么多名字？

珊珊看着我说，你妈给你的名字，你用这个名字去当小姐啊？叫我娜娜。

我说，好，我叫你娜娜。

娜娜坐在车上，半晌没有说话。她问我能不能抽烟，我说能，但是她没有抽烟。她把窗摇下，说，你也罚了不少钱吧？

我说，倾家荡产。

娜娜说，我本来想骂你，跟你就是背，我干这么多年第二次进去。

我问，那你上一次进去是怎么回事？

娜娜又摇上窗，潇洒地说，我刚干这个，攒了两万，想回老家干服装生意，干最后一票的时候，可能也不是最后一票，反正就是最后那么几票的时候给抓了，罚了两万才出来。

这次我又攒了两万，这帮人是不是和银行串通了啊，天天查我卡里有多少钱啊，到了两万就来抓我？

我情不自禁地收了一脚油，说，你的两万块给罚了？

娜娜说，要不我得劳教半年。小孩在肚子里长到三个月就有听力了，我怎么能让他听到劳教犯说话啊？

我说，那你的两万没有了怎么办。

娜娜掏出翻盖手机，没事似的打开了翻盖，说，我找他爹。

我疑惑地看着她，问，你怎么知道他爹的电话号码。

娜娜说，有两个人要了不用套的服务，我趁着他们洗澡，用他们的手机拨了我的手机，万一出事了我能找到他们。我一般遇见自己觉得喜欢的人，或者要了不用套服务的人，我都会趁着他们洗澡，把他们的手机号码偷偷留下来。你看，通了。喂，刘先生，我是珊珊，你记得吗？对，你什么时候再光顾啊？电话号码，电话号码是你自己留的啊，你忘记了啊。嗯。嗯。我帮你问问，我帮你问问。

娜娜挂断了电话。我问她，怎么了，怎么不直说？

娜娜说，直说了就把人吓跑了，手机号码一换就再也找不到了。

我说，不可能，会有人不要自己的孩子？

娜娜玩弄着手机，说，一大把。

我在车里搜索着电台，说，他要你帮忙问什么？

娜娜叹气道，他要让我问问，有没有新来的姐妹。

我说，那你就得说有。

娜娜说，是的。

娜娜拨了号过去，也许断线了，她又转身寻找了一下信号，继续拨过去，还是响了一声就断了。娜娜开了免提，问我，你看，这是什么情况？

我说，我知道，以前我的女人躲我的时候就这样，响一下就是忙音，他把你拖到防火墙里了。

娜娜问，什么墙。

我说，他把你的手机号码放在黑名单里了。

娜娜说，哦。

我抚了抚她的头发，说，不要紧。

娜娜骂道，这个乌龟王八蛋，一本正经的一个人，戴个眼镜斯斯文文，说他怎么事业有成，说做男人最主要的是负责任，一有事找上去就尿了。

我想安慰娜娜几句，结果变成了为这个男人开脱，我说，娜娜，你也没说是什么问题，说不定那个男的就是不想再出来玩了，你给他发个短信，黑名单里的短信万一哪天他看到了呢？

娜娜说，嗯，你真热心，什么都懂。

我说，我就懂这个，因为我以前女朋友屏蔽了我以后，我就给她发短信来着，她能看得见。

女人都天生想知道别人感情故事的发展，娜娜暂时把自己置身事外，关切问道，那后来呢？

我说，后来很好，她男人给我回消息了，消息上说，今天是我们一周年纪念日，我们感情很好，请你不要再骚扰她。

娜娜说，哎呀，那你一定很难过。

我说，是啊，可我和她分手才两个月。

娜娜完全忘我了，问道，那你找她干什么呢？

我说，她老在外面混，认识的人多，那个时候我一个朋友进去了，我想问问她认识不认识什么人。

娜娜开始延伸这个故事，问道，你朋友怎么进去了？

我说，他袭击了化工厂。

娜娜问，谁是化工厂啊？哦，是化工厂啊，他袭击化工厂干什么？

我说，这个事情挺长的，我以后和你说吧，你先给你的那个先生发短信。

娜娜说，哦。

其实我是比她还要紧张的，虽然我们是患难之交，但我其实对这个女孩子并无感情，我希望她一切安好，然后下车。我希望她联系的下一个人可以帮到她，这样她就不必向我借钱。我无心无力带她一起上路，她只是我旅途中一个多说了几句话的妓女而已。

我们到了一个马路超市边，我停下了车，给了娜娜一百块钱，说，娜娜，去买一些东西，我在车里等你。

这个超市是一个山寨的大超市，灯光明亮，超市门口有五彩的布棚支起的一个露天台球桌，很多赤膊的青年猫着腰在打台球。对面是一座巨大的厂房。

娜娜接过钱，往前跑了几十米，又折回来，问我，你要吃什么？

我说，随便。

在车里等待的时间，我不停地搜索着当地的电台，可是那些国道旁边的小镇边，都只有同一个类型的节目，我从调频95一直拧到了调频109，只能听到不停地有听众打进电话，要不是不行了，就是性病了，连个音乐都没有。

台球桌那边开始喧闹，一个肤色黝黑的平头男子，解下了皮带，用皮带头抽着对面桌的两个男子，旋即裤子掉了下来，他索性脱了牛仔裤，向那两人扔去，那两人落荒逃走，男子捡起裤子，把两条裤腿往身上一系，站上了台球桌，对着剩下的十几个男子说了一堆话。我不知道他说话的内容，他像极了我的哥哥。

4

我回想起了我从旗杆上掉下来以后。这个旅途上，我打算在一切等待和寂寥的时候，将我的童年回忆一遍。对了，我忘记告诉你们，我有一个哥哥。作为遵纪守法的好家庭，我当然不可能有一个亲哥哥，这个也不是我的表哥，他是我的邻居丁丁哥哥。他是一个大学生，是我们附近的榜样。那个时候大部分人都去考职校和技校了，因为职校和技校最见效。我哥哥考取大学以后回来的第一周，好多周围的职校和技校生都围着我哥哥，要看看我哥哥的课本，他们想知道我哥哥都学了些什么，大学和技校有什么区别。我哥哥只拿出了两本书，一本《八月之光》，一本《愤怒的葡萄》，说，我的书单都有四页纸。

我们都知道他在装，但我还是被他深深地迷倒了。丁丁哥哥说，你最爱读书，你拿走一本去读吧。

三年级的我选择了一本《愤怒的葡萄》，因为它看着更好看一些。但我只读了一页，因为它完全不是一本讲葡萄的书，而我在我家养鸡的小院子里种了葡萄，葡萄藤已经开始沿着晾衣服的竹架攀爬，我想知道葡萄是怎么想的，葡萄的人生是怎么样的。

隔了一天，丁丁哥哥找到我，收回了那本《愤怒的葡萄》，他说，我昨天晚上想了想，我觉得你也看不懂。

在身边的所有人里，我就管他一个人真心叫哥哥，因为我最钦佩他。他学习成绩好，血气方刚，总是能挺身而出，虽然他总是为了姐姐们挺身而出。丁丁哥哥去过很多很多地方，他每次回来都会给我讲他旅行的故事，他总是代表这里，代表那里，去到必须要坐火车才能到的地方，而我连火车都没有见过。我第一次看到火车便是丁丁哥哥带着我，我坐在他的自行车前杠上，他一直不停地蹬，速度飞快，我紧紧地抓住把手。丁丁哥哥说，如果我们有一台摩托车就好了。我问他，你会开么？他说，当然。

一个多小时以后，我才看见铁轨，我们又等了一个小时，我终于看见第一列红色的火车从我眼前开过。一如所有儿童的本能，我开始数着车厢数，突然我发现异样，问丁丁哥哥道，咦，为什么火车不是绿的呢？

丁丁哥哥说，邪了，我也是第一次看见红色的火车，也许是国家领导人坐在里面的专车，所以是红色的。

我马上立正，对着火车敬了一个礼。

丁丁哥哥连忙问我，你这是干吗？

我说，我在向领导人致敬。

丁丁哥哥说，火车开那么快，领导人根本就看不见你敬礼。

可我还是笔直地在敬礼。

火车的最后一节呼啸而过。

丁丁哥哥大喊一声，礼毕。

我这才放下了手。

那一天我的屁股坐开了花，你能想象在一根单杠上坐了两个小时无所事事该是多么疼，但是我依然坚持坐在前面，因为如果坐在后座，丁丁哥哥高大魁梧，会把我前面的视线挡得死死的。回来的路上我兴奋难抑，第一次远行丁丁哥哥便带我看到了国家领导人。后来丁丁哥哥去的地方更远更多，他去过香港，他甚至坐过飞机。他对我们说坐飞机的经历，周围围绕着三十多个从各个地方赶来的人。丁丁哥哥告诉我们怎么样登机，还要过安全检查，在跑道上加速的时候推力是多么的大，然后一句起飞，我们的头都同时一仰，感同身受。我有任何不懂的事情，我都会跑到隔壁去问丁丁哥哥。当然，我妈妈叮嘱过他，不要帮我做数学题，可丁丁哥哥自己都有数不清的作业和参加不完的比赛。他还练散打。丁丁哥哥的家境要比我们好一些，所以他们家的楼房是三层，他经常爬上他们家三楼的平台上练散打，我就在我们的水泥场上仰望他，一望就是半个小时，因为老是逆光，看着虽然形象光辉，但是影响视力。我怀疑我的眼睛就是这样看坏的。有一次我捡到了一副被踩破的墨镜，是一个兔子的牌子，有一片镜片是好的，我就把那片镜片捡起来，用于在楼下看丁丁哥哥练散打，这个习惯我保持了好久，以至于学校组织看日全食的时候，我满眼睛依然是丁丁哥哥。

我周围还有不少哥哥，但是那些哥哥们浑浑噩噩，还有一个哥哥甚至要和我们抢弹子。那个哥哥一直在换工作，总是不能变成合同工，是我们这里最大的一个哥哥，小伙伴们都叫他临时工哥哥。

在那个时候，打玻璃弹珠是我们最爱的游戏，我们叫这个为打弹子，我有大概六十颗弹子，那个时候的弹子是两分钱一颗，我最喜欢彩色弹子，当然，大家都喜欢彩色弹子。我们当时打弹子就一个规矩，那就是蹲定了以后脚不可以动，但因为那个时候小，没力气，所以手是可以往前送的。我的周围有四五个小伙伴，每个人的准星都差不多。临时工哥哥他就喜欢和我们玩打弹子，我们一般都带二三十颗弹子，他只带三四颗，可是他有大弹子和小弹子。因为他去过发达的南方，那时候只有南方的弹子有大小，我们这里都是均码。他要打别人的时候就换大弹子，别人打他的时候就换成小弹子，他每天都要赢走我们二三十颗弹子。但是我们躲不了他，因为能打弹子的泥地就那么几块。后来我们规定，不能换大小，临时工哥哥说不行，说《宪法》上没有规定打弹子不能换大小，只怪我们只有一种尺码，而他有各种尺码。我们表示不相信，因为我们是少年先锋队队员，法律一定会保护我们的。当时我记得最神的地方是他居然真的拿出了一本《宪法》，我们一条一条对下来，发现《宪法》上真的没有规定在打弹子的时候不能随意变换弹子的大小。我们只能伏法，继续被他欺压。

事情的转机出现在我们最猛的小伙伴身上，他也是我所景仰的小伙伴。他的外号是10号，因为他喜欢踢球，他说，我是10号。

我发现我生命里所崇拜的都是那些热血的人们，虽然我不是一个冷血的人，但我的血液是温的，我总是喜欢看见那些热血的人们，我希望我成为他们中的一员。我总是发现，当我在发呆的时候，他们已经在思考了，当我在思考的时候，他们已经行动了，当我行动的时候，他们已经玩完了，然后我又不敢行动了。玩完了的他们就成为我生命里至高的仰望。我天生佩服他们，希望他们身上的血能够温热我的身体。

那位小伙伴，10号，他和我们研究过好几次如何惩罚那个临时工哥哥。他有一次把我们召集起来，说，我们要反抗。

我们另外三个小朋友问道，怎么反抗？

他说，在他蹲下来瞄的时候，我从后面用鞋带勒死他，你们要做到的就是不要看我，假装在打弹子，你们能做到么？

我摇摇头，表示我做不到，我觉得这么大的事情要发生了，我肯定不能忍住不看。

他说，那我们在他喝的水里下毒，下老鼠药，唯一要做到的就是当他死了以后，警察问起来，我们谁也不能交代。你能做到么？

我摇了摇头，说我做不到，只要我爹拧我的屁股超过180度，我就什么都招了。

10号当时从书包里掏出了语文书，翻到了刘胡兰的那一页，说，你看看。

我当时还是低年级，没有学到这篇课文。在我年少的记忆里，我只是觉得非常好奇，为什么他们总是能瞬间掏出一本书来。

我仔细地看完了刘胡兰，非常地气愤。我问10号，刘胡兰长什么样，书里的图被你抠下来了。

他解开了自己的衬衫，露出了白背心，白背心上赫然贴着刘胡兰。我想，这应该是中国文化衫的起源。他让我看了一眼，马上就把衣服扣了起来。说，我估计你这样的人，还是会招的，你太㞞了。我还得再想一个办法。

那一天打弹子的情景，我记忆犹新。在我们打到第二局的时候，临时工哥哥一如既往地来了。我仔细地端详着临时工哥哥的相貌，就像端详一具将死的尸体。临时工哥哥单眼皮，有点朝天鼻，大耳朵，牙齿有一颗是黄的，有口气，一米七，穿回力。那天的弹子我打得非常心猿意马，很快就输得只剩三颗。

我一直注意着10号，10号没有带水，没有带刀，穿的鞋子也没有鞋带，周围也没有板砖，10号会怎么杀人呢？轮到了临时工哥哥，临时工哥哥不动声色地从兜里掏出了大号弹子，瞄准了我的那粒彩色弹子，10号已经到了我的弹子后方，临时工哥哥打歪了，他朝自己吐了一口唾沫，10号马上捡起那粒大弹子向着河岸飞奔了起来。我们所有人都怔了几秒，下意识地紧跟着飞奔，临时工哥哥也反应了过来，他三步就已经超过了率先启动的我，直逼10号。10号离河岸还有一百多米，我知道他想把这颗弹子扔到河里，但是临时工哥哥没几步就已经在他身后几米，忽然间，他捂住嘴一弓腰，把大弹子吞了。

我们所有人都愣了，临时工哥哥上前去，说，你吐出来。

10号说，我要死了。

临时工哥哥撒腿就跑了，我鄙视这些撒腿就跑的人。10号躺在我们的怀里，又说了一遍，我快死了，我觉得喘不过气来了，我的肚子好沉啊。

我们七嘴八舌说，快去叫救护车。但是我们都不知道怎么叫救护车。

10号说，不要让大人们知道。我是为了你们而死的。从今天起，他就没有大弹子了，你们一定要战胜他。

我说，我们会的。

我旁边的另外一个小伙伴握着10号的手，说，他还有一个小弹子，我们老是瞄不准那个小的，我也会把它吃掉的。

10号说，我吃大的，你吃小的，你真……

说着，10号的头一歪。我们都哭了起来。我说，我们挖个洞把他埋了吧。另外一个小伙伴说，10号没有死，他还在喘气。

10号又把头转了过来，说，要死的感觉好难受。我有一些遗言要说。我没有喜欢的女同学，我长了这么大，活了这一辈子，没有爱上过任何女人，我只爱一个人，刘胡兰。

我当时脑子里盘旋着一句话，就是说不出口，因为那个时候还没有言语可以形容这种感受。

10号咽了一口口水，扫视了我们一圈，说，其实今天，我觉得我很光荣，我也对得起刘胡兰，和她比起来，我也不差，我也是硬汉。数学刘老师，他当众骂过我，我死了以后，把骨灰撒在他家被单上。纪律委员他骂我，把我的骨灰撒到他的铅笔盒里。临时工，我决定不杀他，但是他却用他的弹子杀了我，把我的骨灰撒到他家屋顶上。我奶奶最好了，她的老母鸡下蛋的时候，别人都不能去摸，就我摸过她的老母鸡，把我的骨灰撒在鸡窝里。我的外公也很好，我去他钱包里偷钱的时候，看到他钱包里藏了我奶奶的照片，他喜欢我奶奶，把我的骨灰撒在他的菜地里。我妈妈不好，她自己买了很贵的鞋，不给我买运动鞋，她说她支持刘老师，把我的骨灰撒在她鞋子里。我的爸爸在远洋轮上，给他写一封信，把我的骨灰撒在信里，我的……我有多少骨灰？

我说，我外公死的时候我看了，大概有几把。

10号说，这么点？

旁边的一个小伙伴说，我要去吃饭了，吃完饭再过来。

那天一直到晚上，我们轮流听着10号的遗言，在现在想来，10号是值的，他只吃了一粒弹子，就换来了四个人轮流倾听。后来我把这事情告诉了丁丁哥哥。但我没有说10号吃了弹子，因为丁丁哥哥是大人，10号的遗言之一就是不要告诉大人。我只说了临时工哥哥怎么欺负我们。丁丁哥哥说，等等我，我一会儿要去约会看电影，明天我就给你出面摆平这件事情。

这是一个漫长的夜晚，整个晚上我都在等10号的妈妈奔丧。第二天我萎靡不振地来到了泥地上，看见10号已经在那里打弹子了。10号说，我没有死。

我说，我看见了。

10号说，这已经是我第二次死里逃生了。上一次我把口香糖咽下去了，我妈说，口香糖是不能咽下去的，否则就要死，但是我等了三天，还是没死。我是不死鸟一辉。

我当时就急了，说，我才是不死鸟一辉，你不是冷酷的冰河吗？

10号说，我连续两次没有死，所以我决定我不是冰河，我是不死鸟一辉。

我急火攻心，说，我是不死鸟一辉，我从旗杆上摔下来了，也没死，我是不死鸟一辉。

10号说，哈哈，得了吧，你以为你很帅啊？你挂在上面，很屌的。我们都看着，最后是大家的书包救了你，要不然你早就摔死了。但是我吃了弹子都没有死，所以我才是不死鸟一辉。而且我决定，我不放弃冰河，我是冰火战士，我是冰河和火凤凰不死鸟一辉。

这是我生命里第一次的信仰崩塌，因为以前我一直以为我是不死鸟，我觉得我的生命的存在是和别人不一样的，上天让我在这个世界上，肯定有上天的安排，我不知道这个安排是什么，但一定有一个使命，所以，在这个目标实现之前，我是不能够死的。不死，是我唯一的信仰，但是我怕疼，所以我一直没有那些小伙伴们奔放，但是我坚信，我是不死的。后来看到了动画片，才知道，原来我对应的名字叫——不死鸟一辉。我们一共五个小伙伴，大家都是分配好的，最矮的那个叫星矢，最娘的那个叫阿瞬，有一个老是摔伤，经常涂满了紫药水，所以他是紫龙，10号家里是第一个买冰箱的，他经常使用制冰功能，然后放在兜里扔我们，所以他是冰河。我当时话语权最少，一共只有四个青铜圣斗士，所以我什么都没有轮上，但是随着剧情的深入，突然出现了不死鸟一辉，我很激动，他和我的理念不谋而合，我当时就飞奔到千家万户，告诉大家，我是不死鸟一辉，因为对另外四个的地位没有什么影响，我就顺利变成了不死鸟一辉。我深深为这个称号而感到骄傲。但是今天，冰河突然过来说，说他要我的这个称号，而且还保留自己的称号。

那我是什么？

我生命中很少有这么有勇气的时候，因为我觉得支撑我的被抽空了。我揪住10号的衣领，要用我最有力的声音一字一句地告诉他，我是不死鸟一辉！

但是在我揪住他的衣领的时候，他的衣扣突然间崩了，衬衫骤然地敞开，他带着惊慌看了我一眼，夏天的风扬起了他的发梢，他没有还手，但是我看见了刘胡兰，心里一阵慌乱，我看了看四周，小伙伴们也都茫然看着我，我突然想到，他昨天刚刚冒死赶走了临时工哥哥，他是有威信的，我怎么能触犯他？但是我必须要把我心里的话说出来。

我松开了10号，说道，我不是死鸟一辉。

这是我到那个时候为止，生命里最重要的台词，我居然把它说错了。我丢失了这个称号。丁丁哥哥骑着摩托车到我的面前，他手里拎着一个塑料袋。我们围了上去，我走在最后面。丁丁哥哥把塑料袋扔在地上，哗啦啦一声响，几百粒弹子撒在四周。我们都欢呼了起来。丁丁哥哥发动了摩托车，说，我已经帮你谈过话了，他把弹子都还了。你们分吧。说完一拧油门，他的白衬衫像风衣一样飘逸，还潇洒地换了一个挡。我顿时又被他迷倒了。在那个时候，只有他会开带换挡的摩托车。我呆呆地看着他，小伙伴们都已经在抢弹子。

10号出来主持局面，说一切都是因为他的英勇，而且他是双料圣斗士，所以他先选。然后是我们四个人。出于公平，我们先数了弹子，一共四百七十二颗，没有想到他赢了我们那么多。10号挑走了一百五十颗，我不记得他们拿走了多少，我最后得到了三十多颗。我记得我明明是输给临时工哥哥最多的那个人。

我们把各自的弹子藏回家以后，又聚集在泥地上开始新一轮比赛。大家都盘算着怎么把其他人的那些存货赢过来，我就想赢10号的，因为他是第一个挑弹子的，他的弹子最新，最多彩色的。他要开始打的时候，我万万没有想到，他从兜里掏出了一颗大弹子。他缓缓地用他的大弹子击中了我的那颗，我血液翻腾，不假思索，拾起他的大弹子就吞了。

10号一把锁住我的喉咙，摇晃着我的脑袋，说，赶紧给我，赶紧给我，我刚拉出来就给你吃了，快还给我。

说来奇怪，那一颗弹子我再也没有拉出来过，他们都以为是我藏着不掏出来，后来他们四个人投票废除了打弹子的时候可以使用大小不一的弹子这个规定，后来随着市场经济的深入，我们镇上也出现了大小不一的弹子。我只是好奇，那一颗弹子去哪里了。它也许留在我身体里，化成了我最年少的结石。

丁丁哥哥的身材很好，他和那些书呆子们不同，他喜欢体育，很早就打赤膊。在五月里，他就开始光着上身，对着篮球架引体向上。他可以做三十下，我可以做三下。他教我如何双手握着篮球架上的横杠在上面转一圈，我一个夏天都喜欢拱着篮球架打转，我衣服的腹部都是锈水。丁丁哥哥有一次甚至把篮球架都拔了起来，换了一个地方，因为他说篮球架在的地方不好，他在学习的时候每天都要看到，让他分心。

我相信，丁丁哥哥那天是去找了临时工哥哥，并且把他痛打一顿。但是丁丁哥哥后来告诉我，他只是去谈了谈，他说打架当然能解决问题，谈也能解决问题。我说，那你为什么不像香港电影里那样，直接就打架呢?

丁丁哥哥沉思许久，意味深长地看着我，把手放在我的肩膀上，说，因为会疼嘛。

我点了点头。

丁丁哥哥说，他在学校里是学生会的主席，有的事情，靠谈就搞定了，他有领导能力。丁丁哥哥说，那天，我去找了临时工哥哥，问他缘由，因为像我们这种大人，是不会打弹子的。

我看着丁丁哥哥，丁丁哥哥一点头，继续说，果然。

我一精神，问，那是为什么呢，他要和我们打弹子。

丁丁哥哥说，因为他要赢你们的弹子，他不光和你们打，他还和别的小孩子打，因为他要买一台红灯牌录音机。

我说，嗯。

丁丁哥哥秀了一下肱二头肌，说道，我说，你这是不可以的，你这是欺负小孩子。你要录音机干什么?他说，他要录一盘磁带，唱一首歌寄给他的笔友。

我说，他可以去借一台录啊。

丁丁哥哥说，总是有私心的嘛，他当然也想自己听听，后来我就带他去了文化站，借了我一个朋友的录音机。

我说，哇，文化站的人你也认识啊。

丁丁哥哥云淡风轻道，一个朋友。

我说，那临时工哥哥唱了一首什么歌啊？

丁丁哥哥说，他录了一首《尘缘》。

我说，什么是《尘缘》啊？

丁丁哥哥说，你爸妈不看电视啊，电视剧主题歌。

我说，嗯。

丁丁哥哥哼道，尘缘如梦，几番起伏总不平，繁华落尽，一身憔悴在风里，回头时无晴也无雨，漫漫长路，起伏不能由我，人海漂泊，尝尽人情淡薄，热情热心，换冷淡冷漠，任多少真情独向寂寞，人随风过，自在花开花又落，不管世间沧桑如何……

我打断了丁丁哥哥，笑道，哈哈哈哈哈哈，临时工哥哥也会唱歌，临时工哥哥也会唱歌。

我没有意识到，那一刻是丁丁哥哥在唱歌，这是我第一次听他唱歌，但是我却打断了他，丁丁哥哥看着我说，漫漫长路，起伏不能由我。

我跟着唱道，漫漫长路，起伏不能由我。

丁丁哥哥说，这是去年的歌，今年唱着还挺有感觉。

我跟着说，挺有感觉！

丁丁哥哥答应在那个夏天教我足球中的假动作，丁丁哥哥说我踢球太老实了，往左就是往左，往右就是往右，你的身体已经告诉了对手一切。你要把球踢好，要把球控制在自己的脚下，就要学会假动作，你眼睛看着右边，身体晃向右边，你伸出右脚，大家都以为你要往右去了，突然之间，你的左脚一发力，你其实是向左去了，你就把大家都骗了，踢球过人一定要做假动作。等我回来我就教你假动作。

丁丁哥哥在春天收拾好所有的行囊，握着一张火车票向我告别。

我说，丁丁哥哥，你要去南方还是要去北方啊。

丁丁哥哥说，我要去北方。

我说，哇，带我一起去吧。

丁丁哥哥说，不行，你太小了。

我说，我坐火车不用钱的。

丁丁哥哥说，不行，你太大了。

我说，丁丁哥哥，你去做什么啊？

丁丁哥哥说，我去和他们谈谈。

我说，你和谁谈谈啊？

丁丁哥哥唇边露出微笑，急切地说，这个世界。

我说，哇噢。

5

如果丁丁哥哥还活着，现在应该是三十八岁？三十九岁？四十岁？我已经迷糊了。娜娜买了两大塑料袋的食物向我走来。没走几步，就扶着垃圾桶吐了起来。我赶紧打开车门，门边正好撞到一个推着液化气罐的老大爷。我没顾上，径直穿过马路。老大爷大喝一声，小伙子，你站住，撞了人想跑？

我立即站住。周围人被这一呵斥，都纷纷看向我。我退回到老大爷边上，说，老人家，你没事吧？

老大爷气得一哆嗦，指着我道，有事没事，现在还不知道。

周围围上来几个人，鄙夷地看着我，帮着老大爷整了整衣服，上下看了一圈，用当地话说道，你有事没事啊，动动，赶紧动动，趁人在，哪里不舒服就说，等人跑了你再不舒服就倒霉了。

老大爷活动着腿脚，甩了几下胳膊，说，我胳膊有点疼。

我看着马路之隔，娜娜吐得更加激烈，她泪光闪烁地看着我，向我摇了摇手，我赶紧掏出一百块钱，塞在老人的手里，说，老大爷，我朋友不舒服，我得去帮她提东西了，你自己要不去买点补品补补吧，对不起啊。

塞了钱我就跑了。老大爷没有异议，把钱折好小心翼翼放进兜里，继续推着液化气罐缓缓走向前方，我顺着他来的方向看了一眼，几里之外，在夜色和橘黄色灯光的边缘，掩盖在不知名的雾气里有一个工厂，那里杵着两个大罐头，想来老人是刚换完液化气推回家。我拍了拍娜娜的背，娜娜说，你别拍了，你拍得我想吐。

我说，电视里都这样的，娜娜。

娜娜从包里掏出纸巾，擦了擦嘴，说道，去车里吧。

我掠了一眼那个赤膊的男子，他没有丁丁哥哥那样的气质，他只是一个露天台球厅流氓，但他跳在台球桌上讲话的一幕像是丁丁哥哥会做的事情。此时的我已经比当时的丁丁哥哥大了很多岁，但我总觉得没有任何一点及他。他背上行囊，留下几句话就走了，而我想要开完这一条公路却准备了足足四年，每一次总有推脱，要不是怕车坏，就是怕自己没准备好，也就是5476公里的路。我低头一看里程表，已经开了500多公里。可是我在哪个省的夜幕里，我不是特别地确定。我只记得我第一次开了300公里，然后我就在那里停了几个月。因为迎接我朋友的时候还没有到来，他出狱的时候变了。这次应该是真正的旅程。

娜娜坐在车里，说，这里好闹啊，我们往前开吧。

我说，好。我轻轻地往左把方向掰了出来，还没有开一米，又一个老大爷的手臂撞在了我的反光镜上。

不准开，小伙子。

老大爷嚷道。我把头探出去一看，换了一个老大爷。老大爷指着我骂道，现在的年轻人还有没有礼貌啊？开着汽车，撞了人都不知道下车。

娜娜问我，怎么了？

我说，没事娜娜，你别下来。

我下了车，利索地打开钱包，再次掏出一百块，塞在了老大爷手里道，大爷，啥也别说了，您也补补吧。

开在夜色里，娜娜说，你损失了一百块啊。

我说，我损失了两百。

娜娜说，你告诉我啊，我吵架可有一手了。

我终于锁定到了一个有音乐的频率，里面正播放着张雨生的《我的未来不是梦》。我叹了一口气，说道，娜娜，算了，不要那么争嘛，就一百块钱，人家毕竟是老人，你和老人斗，你怎么都会吃亏的。

娜娜在座位上撸着袖子说道，我是孕妇。

我笑着说道，你们倒是一个级别的。你说说，你在干小姐这一行之前，你是在干什么啊？

娜娜打开一包薯片，说道，学生。

我说，嗯，只可惜你是干完了一行再干一行，如果你是兼职的话，估计能赚得更多一些。

娜娜显然没听明白，她拿起一片薯片，塞到我嘴里，问道，那你是干什么的啊？

我没有言语，望着前方。

娜娜突然间撩起了我的衣服。我往后一退缩，说，你这么有兴致啊。

娜娜说，我看看你是不是便衣。

我问，这个怎么能看出来呢？

娜娜说，看皮带就能看出来，我姐妹说，便衣一般换了衣服，但皮带还是警用的。

我说，那你看清楚我是不是便衣了吧？

娜娜说，你不是便衣，但万一你是便衣，我也没有什么后台，你也没必要跟着我了。我饿了。

我问，你怎么又饿了？

娜娜说，孕妇都是这样，孕妇都容易饿，你不知道么？

我说，我不知道。

在国道的一个分岔路边，娜娜看中了一家兰州拉面馆。拉面馆旗帜鲜明，生意火爆，老远就能看见，屋子里有四桌，但已经坐满，附加的桌子都快要摆到道路的双黄线上。娜娜要了一碗四两的面条，外加两块钱的牛肉，还特地把服务员召回来要了一瓶可乐。但没吃几口，就无辜地看着我，说，饱了。此时我的牛肉粉丝汤还没到，我说，你搞什么，不是饿得很么。

她从包里掏出一本小册子，里面都是折的三角的标记，她熟练地翻到一页，说，孕妇要多餐少食。

我夺过她的书，书名叫《怀孕圣经》，但只有计划生育宣传手册那么薄，我说，怎么就这么点，以前我在朋友家看见过，都有《辞海》那么厚。

娜娜说，哦，是有那么厚，这是简约版，地摊上买的。

我还给了她，说，盗版的。

娜娜说，但是内容是真的，我还特地到大书店里去对过。它就省略了生命的起源，生命的形成和生命的……

我打断她，问道，那这册子里有什么？

娜娜说，这册子比较实用，它告诉了你孕妇要注意一些什么，比如……

娜娜随手翻开一页，念道，怀孕期间其实也可以有性生活，但是要注意体位……不好意思……我随便翻的，我其实不是这个意思，我还没有看到这一页，这是说第四个月，我才第二个月……

我说，哦，你看得全么这书？字都认识么？

说完，我们便陷入长久的沉默。

我的牛肉粉丝汤非常恰当地上来了。我不顾烫，低头猛吃。

娜娜低声道，我其实还好，还……看得全，基本上都认识。

我假装不在意道，哦，没事，娜娜，我只是开个玩笑，不要放在心上。那个什么，你赶紧联系你的第二个客户，要不然你生孩子的钱都不够。

娜娜从包里掏出她闪闪发光的山寨手机，翻着电话本，拨之前还看了我几眼。我说，没事，你拨，不远的话我带你去找他。

娜娜看着手机犹豫半天，又放进了包里。

我说，你怕什么啊。

娜娜说，我不是怕。

我说，你的钱都被罚光了，你可不得赶紧找一个靠山，快打。

娜娜说，不，不，我不能打。

我说，你怎么不能打了。

娜娜说，这个男的不行，我不能让他变成孩子的爹，他会教坏孩子。

我说，你想那么远干什么，先找个地方把自己寄存了再说，快打吧。

娜娜更加固执，握紧了手机，说，不行。

我推开牛肉粉丝汤，把座椅换了一个方向，身子正对着娜娜，认真地对她说，娜娜，你要这么想，你身边没有钱了，你连住店都住不起，你回到金三角，也是从局子里出来的人，你都有案底了，你们的经理也不会要你。你去打工，你什么都不会干，而且……

我抄起《怀孕圣经》，翻到第三个月注意事项，第一句就是“孕妇在这个月份非常容易流产，而且容易感到疲劳和嗜睡”，我如实朗诵了出来，接着说，你也不可能再去找什么工作。最简单的就是去找一个男人。我没有办法负责你，因为我要赶路。普通的男人也不会负责你，因为你有身孕，你就去找孩子他爸爸，就算人家不能负责你，你也要一笔钱，否则你就告诉他，你要闹到他的单位，你要告诉他的老婆，你要把孩子的抚养费要了。就算那个男的是禽兽，不想给抚养费或者想撇清关系，你就假装退让，告诉他，那你打算把这个孩子流了，但是你要一笔流产的钱，你用这笔流产的钱去生孩子，你就……

娜娜打断了我，说道，不够。

我说，虽然不够，但好歹是一部分。娜娜，你听我说，你看着我，你听着……

拉面店老板娘打断了我，说，吃好了就结账，还有客人等着桌子呢。

我掏出十五块钱，放在桌子上，扶着娜娜走到1988边上。旁边有两家鞋子大卖场，一家写着“含泪甩货，牛皮皮鞋29元一双”，还有一家写着“出口转内销，时尚拖鞋5元两双”，两家一看就知道关系非常地紧张，门口都竖着劣质家用音响，一家在播放张国荣的歌，一家在播放谭咏麟的歌。我们进了1988，车门一关，和没关是一个隔音效果。娜娜说，倒车。

我问她，为什么？

娜娜说，我不喜欢谭咏麟，我不要在谭咏麟的鞋店门口。

我发动了车，倒了二十米，稳稳地进入了张国荣的鞋店范围。

我拉起手刹，侧着身子，语重心长地对娜娜说，娜娜，你听我说，你看着我，你要记住，你……

鞋店的老板娘在外面敲着我的窗户，大声喊道，你车子不要停在这里，把我的店门口都堵住了，我怎么做生意。

我忍着情绪，问道，这条街哪里能停车？

老板娘往前一指，道，往前二十米。

娜娜说，走吧，别停了，我们上路吧。

我开着车拐出了这条繁华的岔路，上了坑坑洼洼的国道。对面就是一个巨大的假中石化加油站。过了这个繁华的地方，前方就是一片黑暗，我并不想把这个我并没有感觉，而且已经怀孕的姑娘带进黑暗的前路，但是我也无法将她抛弃在繁华的此地。我把她当作一个旅途上的朋友，一个可怜的母亲，但我并不是那位内射的父亲，所以我必须要找一个合适的地方把她放下来。我假装不经意地换挡，告诉娜娜。

娜娜，你听我说，你去找那个男的，现在就打电话，我也给你一点钱，你加起来，应该能把孩子生下来了，你想办法借一点，把孩子稍微养几个月，然后回老家，到时候你的父母肯定能接受，老人都很喜欢小孩的。

娜娜决绝道，我不回去，我不要你的钱。

我说，那你怎么教育这个小孩呢？你教育小孩的钱从哪里来呢？

娜娜说，还是出去卖啊。

我说，那你对这个小孩子的未来有什么打算呢？

娜娜说，不用出去卖啊。

我说，但如果是个男孩子呢？

娜娜说，我要送他出国。

我说，你怎么送他出国，你有什么能力送他出国啊？

娜娜说，我不是和你说过了么，我可以卖到四十岁。

我说，娜娜，不是我说你，以你的姿色，出去卖没有什么大的前途，你只能卖到两三百，而且还不稳定，大的桑拿也不会要你，你站街也不安全，去美发店卖不出价格，我建议你去学学打字，可以给领导做个秘书什么的，或者去机关做个打字员。

娜娜转头问我，你有关系么？

我说，我没有关系，你可以去试试。

娜娜笑道，你是真不知道假不知道，天下这么多会打字的，没有关系怎么可能进机关单位？你放心吧，我积累一点资本后，就自己盘一个美容美发店下来，外面洗脚，里面特服，我去找几个姐妹，我自己就收手了，从事一些管理工作。

我也笑了，复述道，从事一些管理工作，很好。

娜娜认真地规划着人生，我这么一个店，如果有五六个技师，我一年抽成也能抽个十万块——娜娜摊开了双手，活动了一下所有的手指，接着说——那样，如果是个女孩，我就好好养，让她变成公主。

我忍不住插了一句，淫窝里的公主？

娜娜明显很高兴，道，那我当然不会让她看见我做的生意。我就把她弄得漂漂亮亮的，去好的学校念书，从小学弹钢琴，嫁得一定要好，我见的人多了，我可会看人了，我一定要帮她好好把关。如果是个男的，我就送他出国，远了美国法国什么的送不起，送去邻国念书还是可以的，比如朝鲜什么的。

我不禁异样地看了她一眼。

女孩子在构想未来的时候总是特别欢畅，娜娜始终不肯停下，继续说道，到时候，他从朝鲜深造回来，学习到了很多国外先进的知识，到国内应该也能找个好工作，估计还能做个公务员，如果当个官什么的就太好了，不知道朝鲜的大学好不好，朝鲜留学回来当公务员的话对口不对口……

我情不自禁地插了一句，对口。

娜娜得到首肯，喜上眉梢，那就太好了。如果当不成公务员，就做点生意，我这里应该还留了一点小钱，就是娶老婆麻烦，如果没买起房子，就得娶个外地老婆，不过不要紧，因为我们在这个地方，本来也是外地人，说不定娶了个外地的，正好是我们本地的。但我们本地也没什么好，穷乡僻壤，如果能娶到一个城镇户口的老婆就好了，娶个大城市的老婆那真是有出息，比如娶个上海老婆、北京老婆，那我就开心死了，万一弄得好，娶个外国老婆，娶了朝鲜老婆，那真是出人头地了，这要是娶到一个美国老婆，哈哈哈哈……

我跟着她一起大笑，哈哈哈哈。

娜娜突然间安静下来，低声说，可是，我攒了多少时间啊我才攒了两万块，你知道有些人很变态的，有的人喜欢看你跳舞，一跳要跳一个小时，好多客人喝了酒，怎么弄都弄不出来，有些客人一定要你说下流的话，还有要亲嘴的，还有说要全身漫游的，有的客人干到一半，说让我转身，我就转身了，他就偷偷把避孕套给取了，我到最后才发现的，我很小心的，如果不用套的，我要检查他半天，看了没问题才行的，后来我就得了病，你别紧张，你听我说完，我就是觉得那里不舒服，我跑了好多地方去看，你不知道我把整个县城的电线杆都看遍了，一家一家对比，最后去了一家，说是技术最好的，一检查，我得了好几种病，什么尖锐湿疣、疱疹、梅毒、淋病都得了，吓死我了，医生说一定要好好治疗，否则会转变成宫颈癌，变成宫颈癌以后就再也不能生孩子了，我当时紧张啊。医生说，他们医院里新到了一个什么射线的远红外治疗仪，发出红的光，要照一个疗程，每个疗程半个小时，一个疗程照十次，一次五百八十元，我就去照了。我心里当时那个难受啊，我又怕害了别人，我半个月都没开张接客，就每天下午去掰开来照半个小时，照了一个疗程以后，又抽了一次血，医生说控制住了，但是因为我得的病实在太多，只好了两个，就是梅毒和尖锐湿疣，还剩下疱疹和淋病没好，需要继续治疗一个疗程，疗程的内容是继续照红外射线，还要挂水，每次都要给我挂那个什么氯化钠还是什么氰化钠，每次都挂……

我又打断了她，说，是氯化钠，就是生理盐水，是氰化钠的话你真的每次都得挂……

娜娜越说越气愤，道，是的，就是生理盐水，我说，医生，能不能照五次，我卡里钱不多了，医生说不能照五次，照五次容易复发。他问我卡里有多少钱，我说够是够，但是我还要过日子，医生指责我说，是过日子重要还是身体重要，还说我得这种病一定是性生活不检点，让我把和我有过接触的患者都一起带来治疗，我骗他说，我男朋友出国了。医生说，你男朋友肯定在国外不检点，才传染给了你。但是你自己要爱护自己的身体，一旦没有治愈，以后你就不能再生小孩了。我一听会影响生小孩，马上又刷了一个疗程。两个疗程以后，医生说我的病好了。可是我还是觉得有点不舒服，医生说那是因为红外线杀菌效果太强烈，导致一些好的细菌也同时被杀了，所以阴道内的环境有点失衡，但是免疫系统很快就会自动帮我搞好，我说好的，谢谢医生。医生还给我开了达克宁，我说那不是治脚气的么？医生说这个止痒杀菌，觉得痒也可以再抹抹，但是现在你的体内已经没有病毒了。我很高兴，那天走的时候已经很晚了，我是最后一个病人，我的医生收好东西，口罩一摘，就是那个我转过身去的时候偷偷把避孕套摘了的禽兽，这个禽兽真的禽兽，居然连自己发生过关系的女人都不认得，我长得有那么容易忘记吗，气死我了，我当时就和他闹，要他赔我的医药费。那个医生说不可能的，还说他记起来了，还说他自己也得病了，是被我传染的。我说这怎么可能，我以前从来都是用套的。他说你们这种小姐，有钞票什么都做得出来，又那么不卫生。我说搞什么，我很注意卫生的。他说他没有问我要医疗费已经很好了，他也是用那个什么红外线给照好的。我当时那个气啊，就给砸坏了一个，我一砸以后心想，完蛋了，如果那个医生一口咬定是我传染了他，我又没有什么势力，而且我的职业还是犯法的，还没来得及说理就被抓进去了，那就完蛋了。我砸了他们的红外治疗仪以后说，算了，我就不和你计较了。那个医生抓住我，要我赔，说这个红外治疗仪要八十多万，现在红外线发射器被我弄坏了，我一看，真给我弄坏了，地上是碎掉的罩子。我一听要八十万，我就坦然了，我想我反正也赔不起，他们还能把我怎么着，要是八千块，我反而紧张了。我都想好了，到时候我就告他强奸。我这一坦然，人也放松了，地上捡起了红外治疗仪的发射口，我这一看，顿时气得差点没有背过去，罩子碎了以后，里面就是一个桃红色的小灯泡，我对这个灯泡是太熟悉不过了，以前我在横店的洗头店里干的时候，挂的都是这种灯泡，我还亲手拧过好几十个，这个灯泡化成炮灰我都认识。我是越想越气越想越气越想越气，我花了一万多块钱，就照了一个月的台灯。

我当时就笑出了声。电台里适时地响起了一家医院的广告：

惠心女子医院，惠心女子医院，特色治疗妇科疑难疾病，保证治愈，强大的医疗团队，先进的医疗设备，完善的隐私保护，让您一定摆脱疾病的痛苦。惠心女子医院新到新加坡进口红外线杀菌治疗仪，不用开刀，不用涂药，不留疤痕，还你青春。

完了还播放了一曲苏芮的《奉献》，长路奉献给远方，玫瑰奉献给爱情，我拿什么奉献给你，我的爱人……

我问娜娜，娜娜，你用来照了一个月的是不是就是这个新加坡进口的红外线杀菌治疗仪？

娜娜都快挣脱安全带从椅子上站起来，对着收音机指证道，就是这个，就是这个，这个是骗人的，我要举报。

说罢，娜娜迅即掏出手机，拨打了110。说了半天以后，我问娜娜，110怎么说。

娜娜说，110说了，他们已经登记了，但是这个归工商部门管，这个属于消费者权益纠纷的问题。但你不觉得这是诈骗么？你不觉得这个是诈骗么？

我抚摸了一下娜娜的头发，说，娜娜，你太真诚了。

娜娜反思了半天，说，我其实也不真诚，我给他们买的避孕套是最差的牌子，一块钱可以买五个，安全倒是安全，特别厚，还有各种颜色，客人都不喜欢黑的，说黑色显小，哈哈哈哈。有一次我帮客人摘了以后发现还掉颜色，哈哈哈哈哈哈哈哈，那客人可讨厌了，真是报应，哈哈哈哈哈哈哈哈。

我看着娜娜，不忍地说，娜娜，如果这个避孕套还掉颜色的话，那岂不是也会掉颜色在你……身体里？

娜娜一下收住了笑容，微张着嘴巴惊讶道，哎呀，哎呀呀……

我问娜娜，娜娜，那这个事情后来怎么解决了？

娜娜说，后来我就闹，但是也没有闹出什么效果来，院长都来了，我一看院长开的车，我就知道我没戏，我说这个是假货，他们死活不承认，说更换灯泡费用要四万元，我说那个医生强奸我，医生说，你有什么证据？我就反问他，那你有什么证据说这个仪器是我打破的？医生说，我们当然有证据，我们的烟雾侦测器里有摄像头的。我当时就傻了。他们说，这事就这么算了，两不相欠，他们自认倒霉，否则就把我的治疗视频和破坏财产的视频放到网上去。我当时还不服气，这个不是敲诈勒索么？这个不是非法拍摄么？有没有这个罪名？哦，侵犯隐私，这个不是侵犯隐私么？后来院长说，你看看我的车的牌照，你去打听打听这个医院的背景，我们医院绝对是高端的正规医院，不会出现你说的那种情况，你得罪了我不要紧，得罪了别人，恐怕……当然，这是法制社会，大家都不是野蛮人，我们也犯不着怎么去对付你一个刁蛮的女子，但是你想想，你的小孩要不要在这个地方上学？以后要不要在这个地方找工作？他会不会遇见一些困难和阻力？这些都是你一个女同志要考虑的地方。好吗？今天就这样，大家都算了，由我们医院自己来承担这个损失，就当你女同志大手大脚不小心碰坏了，你的病，经过我们医院的专家会诊，我了解到也已经治愈了，你的名字叫……哦，病历卡上应该有。反正这位女同志，大家都退一步，海阔天空，为了我们医院，为了自己，为了小孩，怎么样……唉，我一听院长这么说，我就放弃了，算了，万一我以后的小孩还要在这个地方混，还是给他留点后路吧，我就是心疼我这一万多块钱，我得接五十多个客人，你说我这个条件，有五十多个人看中我，容易么？

我问娜娜，那你的病呢？

娜娜叹气道，别提了，后来还是觉得不舒服，去大医院检查了一下，宫颈糜烂和尿路感染，吃了几片可乐必妥就好了，我一看这个药效果这么好，所以到现在还坚持喝可乐，一直没有复发过。

我沉默半晌，说，很好。

我侧脸看着娜娜，娜娜一股脑说了太多话，正四处扫视，很明显她在找水。她想起来自己刚买的那堆零食里有水，便爬到后座，摸索半天，先递给我一瓶。我道谢。娜娜又爬回了前座。我说，娜娜，你小心一些，别爬来爬去的。

国道上的路灯一盏一盏过去，隔着几盏不亮的，我望着娜娜的脸庞，这并不美丽也不丑陋的普通姑娘，平凡得就像这些司空见惯的路灯，它亮着你也不会多看一眼，它灭了你也不会少走一步，这个来敲我房间门的女孩子，我从未想过我会带着她走出这么远。她就像一个来主动邀请我的舞伴，我出于礼节共舞一曲，当然，我在共舞的时候并不知道是三个人一起跳的，否则我一定会严词拒绝，无论《怀孕圣经》是怎么写的，这样的事情我一定不能接受。她的眼神不明亮也不暗淡，她的言语不文艺也不粗俗，她的神情不幽怨也不快乐。

这样的旅行在我年少时曾经幻想过无数次，夜晚的国道里，我带着自己梦寐以求的女子，开着自己梦寐以求的车，去往未知旅程的终点。未知旅程怎么会有终点。旅途上没有疲劳和困意，我们聊着电影和音乐，穿越群山和丛林，最终停在一泓无人的湖水旁边，有一个没有任何经济头脑的人开的酒店，干净便宜。

6

现实生活里，这样的公路片在每一个环节往往都等比下降了标准。当路灯的光晕散在前风挡上，我仿佛回到了我骑着自行车的日子里。后来丁丁哥哥死了，我非常伤心。10号由于自己要一人饰两角，把我排挤在圣斗士四人组之外。往日丁丁哥哥一定会出面给我要一个名分，但如今他自己都没有了名分。我被小伙伴们慢慢地隔绝，一直到有一天，10号突然跑过来说，我们圣斗士委员会经过研究决定，你现在又是圣斗士了。

说实话，我私底下鄙视和辱骂了他们一万次。我告诉自己，这是傻子的游戏，这个世界上根本就没有圣斗士，根本没有人一拳能打出一个火球来。《十万个为什么》告诉我们，没有人可以超过光速。但是《十万个为什么》没有能够告诉我，为什么我会被一起玩的伙伴们疏远，我不能厚着脸皮去找他们，我也不能反抗些什么，看着他们互相发拳的时候，我只能默默地白他们一眼。如今10号告诉我，我又是圣斗士了，我小心肝一阵狂颤，问他，我是什么圣斗士？我是一辉么？

10号说，不是，我还是一辉。但你是黄金圣斗士。

我热血上涌，相信世界上真的是有改过自新这么一回事的，霸道的10号居然让我做了等级比他们高的黄金圣斗士。当时电视台里刚刚放到那些青铜圣斗士们向黄金圣斗士挑战，被打得找不到北，毫无疑问，黄金圣斗士比青铜圣斗士更厉害。我说话都有点结巴，我说，那我是什么圣斗士？

10号说，电视里就放到第一关，你就是第一关的圣斗士，白羊座阿穆！

我激动万分。

10号说，你退出圣斗士的时间里，我们都已经研制出圣衣了。

我双眼放出光芒，说，我能看看么？

10号带着我去到我们的晒谷场上，翻窗进了存放农忙时候各种机械的小屋子里，在打稻子的机器旁边抽出来一只脸盆，里面放了很多木头竹片和橡皮筋，10号一块一块把这些拿出来，背对着我鼓捣着。

我问，这是你们的秘密小屋么？

10号说，是的，现在所有人都不知道，你要保密。

我坚定地点了点头，问，我们的敌人是谁？

10号犹豫了一下，说，我们的敌人是黄金圣斗士。

我说，嗯。

10号站起来转身面对我，用塑料膜做的窗户里投来柔和的光，洒在10号身上。10号的膝盖上，手臂上，胸上，肩膀上，都缠绕着木块。我被10号深深地折服了，在那一刻，所有对10号的不满都变成了钦慕。我情不自禁地摸了摸，感叹道，哇噢。

10号很得意，问我，怎么样？

我说，你有了它以后，你就刀枪不入了。

10号说，在没有圣衣保护的地方还是有危险的。但是我们不怕被打，因为我们有小宇宙，还有纱织小姐的保护。

我问10号，谁是纱织小姐？

10号说，不知道。

我问10号，你穿上去了以后，有没有觉得厉害一些？

10号说，是的，我觉得我的小宇宙提升了很多。

我问他，那你的圣衣是从哪里来的？

10号思索了一下，说，这个是我奶奶在田里种地的时候，从我们自己家的自留地里挖出来的。她当时想烧掉，但是被我发现了，我说，奶奶，不能烧掉。听到这些话，忽然之间这些圣衣都聚集到了一起，闪闪发光，不信你去问我奶奶。

我说，哇噢。

10号说，那你都看到了，从今天起，你就是黄金圣斗士阿穆。

我立正，说，是。

第二天我就和他们又玩到了一起，暂时忘却了丁丁哥哥带给我的痛楚。以前每当我看见家门口那条土路，我就会想起丁丁哥哥最后骑着摩托车的身影，丁丁哥哥扬起的尘土还未洒落到这片土地上的时候，他变成了骨灰回到我们身边。小伙伴们都远离了我，我只有三十多颗弹子自己和自己打。我在自己家的阳台上对空气中的丁丁哥哥提问题，他以前就是我的词典，自从他走后，我只能从书中寻找问题的答案。当小伙伴们还在打弹子的时候，我已经知道了弹子是怎么做成的。但那又有什么用呢？我了解了弹子，依然没有人和我一起玩，丁丁哥哥说，你懂得越多，你就越像这个世界的孤儿。

当我刚刚开始知道什么是孤独的时候，我又被他们接纳了。我们准时地在这一天的剧情结束以后来到了竹林里。10号说，好了，我们要开始了，阿穆，根据剧情，你要帮我们修圣衣。

我说，啊？

10号说，你看今天的那一集了么？阿穆最后都帮他们修补了圣衣。首先你要帮我的圣衣涂上颜色，你不是学校里美术组的么？然后你要帮他们三个人每个人都根据我的圣衣的样子做一套圣衣。

我说，啊？

10号说，我们一切要根据剧情来，你不光是一个黄金圣斗士，你是所有的黄金圣斗士，你是十二个。但是所有的人要记住，只有我这套圣衣才是真正的圣衣，因为是祖先留下来的，是从地里挖出来的，你们的都是复制的。所以我的小宇宙总是要比你们的大一点。

我那一人饰十二角的日子在挨打中度过，当时我不知道剧作法，不明白为什么每一集都是黄金圣斗士会失败。因为一直在挨打，我对扮演没有圣衣的黄金圣斗士失去了兴趣。我开始听小虎队的歌，我开始站在我的窗前望着眼前的电线杆、远处的电线杆、视线尽头的电线杆发呆，我常常想起我爬在旗杆上看校办厂的那次，还有我的浅蓝色裙子的女同学，我来找你了。

在每一次做广播体操的时候，我总是盯着每个女孩子的下身看，我希望找到那条浅蓝色的裙子，我不知道那究竟是什么材质，虽然我还记得她的小皮鞋、小发卡，但太多女孩子用一样的东西，唯独那条裙子我从来没有看到别人穿过。我在学校的人群里找了整整一个冬天。在寒假之前，我发现我自己不光始终没有找到穿这条裙子的女孩子，我连一个穿裙子的女孩子都没找到。我是在穿裙子的季节掉下去的，但我却在穿棉衣的季节找寻她。我很多次地咒骂我自己，想找一个词汇来形容我自己的愚蠢，在后来的语文课上，我终于知道了我这种行为叫刻舟求剑。

不过倒是让我发现了好几个漂亮的女孩子，她们是李小慧、刘茵茵、陆美涵和倪菲菲。我觉得我那天看见的女孩子一定是她们四个人之中的一个。就是我完全记不得她的脸了。莫非我喜欢的就是她的造型？

李小慧从小学习跳舞，她的妈妈是老师，爸爸是公务员，她是我们学校穿衣服最好看的女孩子，每次她穿出来的衣服都会成为全校女孩子模仿的对象。她是第一个在市里代表我们学校表演的女孩子，我入选了那一次的学生观摩团，我完全忘记了她跳的是什么舞，只记得她表演的内容是劈叉，她劈遍了台上的每一个角落，唤起了我最早的青春里对异性的萌动。我记得我之前的性幻想对象是花仙子，那是动画片里的角色，好处就是她永远不会老，缺点就是就算我以后变成了百万富翁，我也上不到我的性幻想对象，我只能重金聘请一个漫画家把我的样子画成漫画去干花仙子。小慧是我的第一个真人性幻想对象，尤其是她在演出的最后迎风劈叉的英姿，更坚定了我的想法。

刘茵茵唱歌唱得特别好，很多的小男孩喜欢她，圆圆的脸蛋，特别双的眼皮，就是有点孤傲。我觉得她不是很喜欢和人说话，她偶然和我说过几句话我都记得很深，她说，同学，擦窗，她还说，同学，擦黑板。对了，她是劳动委员。她其实应该是文艺委员，也应该是音乐课代表，可是她什么都不是，因为她不喜欢和人打交道，和老师的关系也不好。按理来说她这样的家庭应该和学校的关系很好，她的父亲是在各个老电影里演重要历史人物的，她的母亲是音乐教授，如此好的家庭背景，她来我们这个学校念书我都觉得很吃惊。在“文化大革命”的时候，她的父亲被打倒了一次又一次，来到了我们这个南方小镇，在这里结识了她的母亲，当时她母亲是一个钢琴老师。她的父亲刚来到这个小镇，迅速又被打倒。忘了介绍，他是演蒋介石的。后来他们就定居在了这里。刘茵茵因为和别的女生打架被校长训斥，当时刘茵茵的爸爸来到了学校，未听解释就把校长骂了一顿，说，你有没有搞错，我的女儿是绝对不会先打人的，一定是错在对方。校长问他，为什么？她父亲说，因为她是我的女儿，有我的血脉。校长说，你真当你是校长啊，我才是校长。你是蒋介石演多了还没有出戏吧？这里是中华人民共和国，不是黄埔军校，你的军队已经失败了，你的女儿在这个国家的学校念书，就要遵守相关规定。

刘茵茵的父亲一度将女儿带到自己家里自己教育，她现在弹得一手好钢琴。后来教育局的领导以未能完成九年制义务教育为名，把刘茵茵又劝回了学校，可是她已经离开了学校半年多，所以她留了一级，被安插在我们的班级里。

陆美涵没有什么特长，特长就是和男孩子的关系都特别好，也认识很多高年级和校外的男生，她似乎懂的特别多。她的父亲是跑运输的，母亲是化工厂的工人，因为她住在这个镇的镇郊，所以她的父亲早先特别喜欢开着空闲的卡车去学校接她，但他的卡车实在太大了，他只要一来接送，学校附近的交通必然瘫痪。她父亲的解放牌大卡车一停，这条路上就不能再错车了，连三轮车经过都非常困难。陆美涵似乎很不喜欢她的父亲来接送她。她以前是假装不认识她的父亲，后来被她爹强行抓到了车里。再后来，只要她爹来接她，她就特别积极帮助同学做班级卫生，一定要拖到最后一个才走。因为她爹的解放牌柴油发动机声音特别大，所以每次到了快放学的时候，我们总会私下交流说，陆美涵的爹来了。

轮到我做卫生的时候，我特别盼望她父亲来接她，一方面可以和小美女多待一会儿，一方面自己也能少干一点活儿。但是这就苦了这条街上的居民。因为陆美涵喜欢和外校生混在一起，所以她的父亲愈发不放心，发展到了每天必接的地步，直接导致派出所的同志测量了他卡车的宽窄，为此特地在街上竖了两个水泥桩防止陆美涵她爹的解放牌开进来。陆美涵她爹也很执着，水泥桩做到哪里，他就把车停到哪里。她爹直接导致了我们学校门口那条路的扩建，几百户人家为此搬迁。纵然在扩建的过程中，她爹的卡车依然混在那些建筑车辆中日夜接送。

由于全校皆知了，所以陆美涵也只能接受了这个事实，每当放学便乖乖坐进卡车，这也造福了一路和她同方向的男同学们，大家都扒她爹的卡车，坐在后面的车斗里。她爹每次到了公共汽车站以后还会像公共汽车一样停站，然后那些男同学们都从车斗里跳下，看得公共汽车司机们惊诧不已。后来他还得到了乡政府颁发的“学雷锋好居民”奖章。

在那次颁奖活动中，李小慧负责跳舞。

倪菲菲是一个恬静的女孩子，她的父亲下海经商，生意做得很大，家庭条件应该是这四个女孩子里最好的，但是倪菲菲还有一个同父异母的弟弟，她的爸爸虽然没有和她的妈妈离婚，但是他的爸爸和他的秘书好上了，问题是那个秘书还不是她那个弟弟的妈妈，现在他们一家五口住在镇边的一栋别墅里。倪菲菲也不喜欢说话，但她喜欢写文章。她参加过小青蛙演讲比赛，这个演讲比赛由小青蛙文具公司赞助，在这个城市的每一个区县举办，倪菲菲那一次讲了一个青蛙王子的故事，因为非常契合赞助商的形象，她意外获得了第一名，这是我们学校的学生第一次获得小青蛙演讲比赛的第一名，所以她在学校里名声大噪。倪菲菲还经常投稿，她的稿子经常被《绿领巾报》刊登。有一天，她甚至在班会课的演讲里说，我们已经不是一个小孩子了，我们是高年级的学生，我们的思想已经变得成熟，我们的感情已经变得丰富，我会更好地写作，更多地反映小学生的心声。老师也告诉我，你可以尝试向更高端的报纸投稿，《绿领巾报》已经不是我的目标，我会做出成绩给大家看的。

倪菲菲没有说大话，很快，她的一篇描写她是怎么样眼睁睁地看着冰箱里拿出来的冰块放在阳光下被烤融化的作品被刊登在了《红领巾报》上。

倪菲菲是这个学校的才女和美女，大部分男孩子看见她都很自卑，尤其是这些女孩子们都率先发育了，每一个都比我们高。我甚至觉得，只有成熟潇洒骑着山地车的初中生才能享有她们。

但我一定要等到夏天，我一定要知道这几个女孩子究竟谁是我爱上的那个身影。我听着小虎队1989年的磁带入眠，那盘《男孩不哭》被我A面B面反复聆听。和那些喜欢快歌的同学们不同，我显得更加深沉，我喜欢那盘磁带里的慢歌。我觉得他们是没有爱上一个人，所以他们才喜欢快歌，而爱上了一个人，他们就会喜欢上慢歌，因为你要弄明白，他们到底在唱些什么，是否贴合你的心境。

当时我最喜欢的歌叫《我的烦恼》，因为我下意识里已经觉得这段感情很悲观，因为我当时还没有一米四，而她们每一个都已经超过了一米五。这些都是我的烦恼。当时我认识的人之中有人面临下岗，有人决定下海，在一片烦恼之中，唯一的喜讯就是我的另外一个哥哥，他被提前释放出来了，可惜我对这个哥哥没有什么感情，在我比那时尚小的时候，他就进去了。当时正值1983年的严打之后，犯罪分子和企图犯罪分子都噤若寒蝉，但是过去几年，我所在的城市发生了几起凶杀案，到处都疯传市长的女儿被社会青年强奸了，所以这个城市掀起了局部严打，一切刑事犯罪从快从严打击，尽量保持和大环境的同步。他是我的邻居的邻居的儿子，他叫肖华哥哥，也是我们最多讨论的对象。邻居的邻居是个屠夫，以杀猪为生。1987年一天半夜，肖华哥哥在街上溜达，结果被派出所民警盘问，并搜出了一把螺丝刀。

当时大家都认为他已经偷窃自行车或者有偷窃的动机，而事实上，整个镇子的确丢失了一些自行车，甚至有一台非常罕见的嘉陵摩托车也被偷了。于是，肖华哥哥被判刑十年。没人知道和证实过他是否偷窃过自行车和摩托车，但由于他也没有办法论证自己为什么半夜带着一把螺丝刀，所以依然被判刑，但是他的家人非常感谢民警宽大处理，因为当时本想将那台嘉陵摩托车算在他的头上，如果算进去，那盗窃金额就特别巨大，参照1983年的全国严打条例，可以枪毙。

没有人知道他究竟有没有偷窃过自行车，但群众使用了倒推法，在肖华哥哥被抓进去的那年里，的确没有自行车再失窃，证明自行车和那台稀有的摩托车的确是肖华哥哥所偷。丁丁哥哥告诉我，如果肖华哥哥回来了，我们一定要对他好，因为没有证据证明他偷窃了，就算偷窃了，他也已经改邪归正。肖华哥哥是个好人。

我被丁丁哥哥的歪理邪说给折服了。我尽量克服着自己的感情，迎接肖华哥哥的到来。

但我更要迎接的是夏天的到来。

我要迎接漫天的星斗。

我要迎接满河的龙虾。

我要迎接能刺痛我皮肤的带刺的野草。

我要迎接能刺痛我眼睛的我从不敢正视的太阳。

我要迎接丁丁哥哥的周年，据说在那个时候，他的灵魂会回来，我愿他保佑我钓到这个夏天最大的龙虾，在我的小伙伴中扬眉吐气。我愿他在我身边多逗留一分钟，告诉我到底发生了什么，这样我就可以停止我的追问。

最重要的是，我要等待所有的女孩子都穿上裙子，我就能找到，究竟是谁，在我从旗杆上掉下来的那一刻，被我爱上了。

五年级的我坚信那是爱情，因为那让我夜不能寐。我开始喜欢收听电台里的情感节目。当时的电台里能收到各种各样的节目，在一些非常奇怪的频率里，我能断断续续地听到很多其他国家之声的节目，但是奇怪的是，他们都是中文的。节目里说着一些和我们的课本上不一样的话。我觉得非常好玩，还特地拿去给我爷爷听，我爷爷一听，连忙关掉，并机警地四下扫视。他正要张口对我说些什么，又觉得不放心，打开了门探出头看看，又打开五斗橱看看，趴在地上往床底看看，然后严厉地对我说，这是在收听敌台啊。

我说，什么是敌台。

爷爷说，就是敌人的电台。

我说，敌人不是都被枪毙了么？

爷爷说，敌人是枪毙不完的。我明天马上把这个情况汇报给组织里，如果有人问起来，你就说你是不小心调到了这个台，并且主动举报给了家长，明白么?

我说，明白了。

我第一次为政治付出了惨重的代价，我的小收音机被爷爷上缴了国家。爷爷回来还说，可恶的敌人，他们换了频率，组织上检查的时候已经什么都搜不到了。小孩子千万不要听这些，现在是无产阶级专政，那些都是资本主义垃圾。

我问爷爷，我的收音机呢?

爷爷说，上缴了，被封存了。

我说，那我的磁带呢?

爷爷说，什么磁带?

我说，《男孩不哭》。

爷爷说，在收音机里，当然也被封存了。

我当时就哭了。

爷爷见我哭得伤心，说，这样，我明天去申请一下，把磁带拿回来，那台收音机我估计还要放一段时间，那盘磁带叫什么来着。

我哭着说，《男孩不哭》。

爷爷问我，谁唱的?

我说，小虎队，小虎队。

爷爷问我，小虎队，哪里的部队?

我说，不是部队，是个组合，由霹雳虎、乖乖虎和小帅虎组成的。

爷爷说，哦，是个乐队。

我鼻涕都快掉到地上，说，是个乐队，是个乐队。

爷爷说，嗯，我明天去拿回来，是哪里的乐队?

我哭得更大声了，颤抖地说，是台湾的。

爷爷表情一下子凝重了，说，虽然改革开放了，但是台湾的东西还是要小心的。

我说，爷爷，你帮不帮我拿回来？

爷爷说，等组织决定。

在这个春天里，没有磁带和调频陪伴，我坐在窗边的写字台上，将这盘磁带每一首的歌词都默写了下来。我特地把《我的烦恼》默写在了单独的一张纸上。

当你的眼睛笼罩着忧郁，我知道再也不能骗自己，秋天的落叶终究会凋零，我们的故事要走到哪里。轻轻走出你的梦，不敢唱起那首歌，当爱情收回最后的眼泪，奔跑的孩子一样会心碎。我不是你想象的那种人，今天说爱你明天就后悔。狂热的夜无处追，这样的爱只一回。如果你能爱上这样的我，我愿意为爱痛苦，如果你能爱上这样的我，我愿意为爱烦忧。

我最喜欢的一句话就是“狂热的夜无处追，这样的爱只一回”。当时我认为，我一辈子就爱这样一个人了，所以赶紧要让我知道，这个女孩子到底是李小慧、刘茵茵、陆美涵、倪菲菲之中的哪一个，我觉得哪一个我都能接受，而如果一米五的她们能爱上这样一米四的我，我愿意为爱痛苦。

7

我儿时的家就住在国道的旁边，我当时骑着自行车，在危险的卡车和时常不亮的路灯下幻想，在未来的旅途里，香车美女，奔向远方。不想是破车孕妇，孩子还不是我的，连他妈都不知道孩子是谁的。娜娜在活跃了一阵子以后靠着侧窗睡去，手里还握着一个果冻。但是我带着这个累赘是不能准时到达目的地接到我的朋友的。他只有我这一个朋友，我想，当他出来的时候，若没有我，该会多么孤独。此刻繁星远去，沉云扑来。夜晚深到了它的极点。这一天漫长扎实，我和娜娜远去百多公里，我轻轻地推醒了她。我说，娜娜，我们找一个地方住下来。

娜娜睡眼蒙眬，对着我聚焦了一会儿，问我，这是在哪里?

我说，国道上。

娜娜问我，我们要去哪里? 你要去哪里?

我说，我们先住下来吧。

娜娜点头，说，嗯，你继续开，到了叫我。

我们正在接近一个城市，我本以为远处的灯火是大型的化工企业，但路边不断增加的补胎店告诉我，城市到了。路面也从两车道扩充到了四车道，两边的墙上写满了标语。这里正在评选全国文明卫生城市。这个城市相对这条国道并不呈夹道欢迎状，它在国道的右侧，在接下来的几公里中，每一条往右的支路都通向城市的中心，左边依然是一些新兴的工厂。路过了几个路口以后，在一大片空地上，我看见了一座皇宫似的建筑，我情不自禁地“哇噢”了一声，开近一看，是法院，射灯将国徽照得熠熠生辉。在法院的旁边还有一个庞大的阴影，我远看没有发现那里还有一个建筑，开近才发现那是比法院大十倍以上的建筑，只有门卫的小灯亮着。这座建筑挡住了月光，把法院大楼的一角淹没在阴影里。自然，那是人民政府的大楼。我沿着国道开了许久，这是第一次看见夜晚不亮灯的政府，让我对这个城市陡生好感。围绕着政府大楼一圈的射灯就像火炮一样瞄准着它，我很想知道当华灯都亮起，这该有多壮观。往旁边开了一个路口，我看到一幢很豪华的宾馆，叫明珠大酒店。我将车停到酒店的门口，准备叫醒娜娜，服务生马上示意我这里不能停车。我说，我知道，我去前台问问。

服务生说，那你也把车停好。

我问他，我的车停哪里？

服务生告诉我，地下车库。

我问他，我停在地面上不行么？

服务生说，停在地下安全。

我驶远一些，到了地面上的空停车位，叫醒娜娜，说，到了。

娜娜睡得投入，醒来以后有些难受，拉开车门将身子探出车外就吐了起来。

我象征性地拍了拍她的背，环顾着四周。

娜娜吐完以后转身泪眼汪汪看着我，说，对不起，对不起，没弄到你车上。

我说，不要紧。

娜娜突然透过我的车窗看见了明珠大酒店，大叫一声，哇。

我说，怎么了？

娜娜说，我们住这么好。

我说，住得好点。你身体不大舒服，住得好点，好好休整休整，我们再继续上路。

娜娜莞尔一笑，露出职业语气，道，没想到你是大老板啊。

我说，哪里哪里，打完折应该也不贵，不过押金应该要交不少，这样，我给你三千块，你去里面开一个房间，大床双床都可以，到时候如果多的话，你就把钱给我，少的话你就出来告诉我，我再给你一些。

娜娜说，不用那么多吧，应该。

我说，你拿着，以防万一。

娜娜在车里想了十多秒，说，嗯，那我去开，你在这里等着。

我说，我在这里等着，我正好把车里收拾一下。

娜娜突然深情地凝望着我，我想，也许是她为我所感动，我让她住那么好的酒店。车里的卡带播放着辛晓琪的《承认》，娜娜特地等到最后一个音符结束，然后突然勾着我的脖子，吻了我一下。吻我以后突然意识到自己刚吐过，连忙说，老板，不好意思。

我说，我不是老板。

娜娜说，谢谢你。

我挥手说，你快去吧，天黑了。

娜娜说，早就黑了。

我说，别赖在车里了，快去吧。

娜娜突然帮我理了理头发，泪水直接坠落。我说，你怎么了？

娜娜说，你知道么，以前我在发廊做的时候，那时候店面很小，而且查得也严，所以都要出去才能做。那些客人，像你这样有车的，一般都是开到郊外，或者就是开到一家小旅店，有的完事了甚至都不愿意把我送回去，我为了省钱，有的时候觉得没开出多远，我就走路想回到店里，但是一走路才知道，汽车开一分钟，我要走半个小时，而且我还穿着高跟鞋，可是我想既然我走了，我就不打车了，因为反正都在起步费里，要不然之前的路就白走了，于是我就一直走一直走，好不容易看到店的门脸了，突然又有一个开车的客人，和我谈好了价钱，把我拉到很远的地方，完事了就把我扔在国道上，说他有事情，要走，不顺路。那次我真的想打车，可是我叫不到车了，我就一路又是走啊走，我的脚都起泡了，走了半个多小时，有车打了，可是我一想，我一打车，刚才的路岂不是又白走。我真的不是心疼八块钱的起步费，真的，我当时出去接一次客，老板娘给我提成有八十块，但是我真的舍不得我刚才走过的路。我好不容易又走到店门口了，又停下来一辆面包车，问我做不做，我说，太累了，不做了。面包车里的人说，你客人那么多啊，都做不动了啊。我说，我做得动，可我走不动了，除非你别开远。他们答应了，然后我们就谈好了价钱。

说到这里娜娜顿了顿，我说，嗯，然后呢？

娜娜叹了口气，说道，我以为呢，我以为那天我生意好，一泼接着一泼。

我纠正道，一拨接着一拨。

娜娜说，哦，一波接着一波，反正就是一波未平一波又起。老板，你看我这个成语用得对不？然后面包车上的男的说，没问题，让我上车。他那个面包车贴了大黑膜，我想，反正后面有大黑膜，我就让他往旁边一靠就行了。面包车后面门一开，我穿着高跟鞋，光顾着看底下踏板了，我脚刚踏上去哪知道面包车里还有其他人，他们一拉我的手，我就给拽上面包车了，然后门一关，车就启动了。我想，完蛋了，要么是抢劫犯，要么是强奸犯，我当时就吓傻了。

我问娜娜，接着呢，是不是遇见歹徒了？

娜娜说，更惨，遇上“扫黄”的了。

我倒吸一口冷气。

娜娜说，我很镇定的，我告诉他们，我不是小姐，我是出来玩的。但是他们掏出了录音笔，我刚才开价的那些话都给录进去了。这帮人都有录音癖，太阴了。我直接告诉他们，我没有钱，我刚入行。那个时候我真的刚入行，很勤勤恳恳的，好不容易攒了一点钱，舍不得交罚款。后来他们就说，要不就没收今天身上所有的营业款，还要我伺候他们车里的三个人。

我关切地问道，后来呢？

娜娜说，后来我就和他们讨价还价。

我问她，结果呢？

娜娜说，他们没收了我三百多的营业款，但是留了我十块钱打车回去。

我说，不是说这个，是他们提出的别的要求？

娜娜说，那我只能服从喽，但是我提出来的是一个一个来，而且其他人要在车外面等。反正我就是干这一行的，多一个不多，少一个不少，至少不用罚款。

我沉默不语。

娜娜说，后来我就想，我应该和他们一样，也要有录音癖，应该要买一支录音笔，放在包里，碰上这种情况就录下来，然后向相关部门举报他们，至少他们的工作就都丢了，这叫维权意识。那天我好心疼啊，当然，身子也有点疼，但最主要的是脚疼。早知道我就不走那些路了，都白走了。但是我工作了半个月以后，我就真的买了一支录音笔。

我诧异地看着她，说，你真是敢想敢做，后来你成功了没有?

娜娜一脸沮丧道，后来失败了，上次来讹我的那些人只是城管，后来遇见了警察，没得商量。而且他们还搜出了我的录音笔。在政策宽的时候，别的小姐交代问题以后只关了一天就出来了，但是我那次关了三天。

我问她，为什么?

娜娜说，因为他们说我可能不光是做小姐，还有可能把嫖客的对话录下来，然后去敲诈嫖客。我当时很生气，说，你们怎么能把我想象成那么肮脏的一个人啊，我一向是宾至如归的，我怎么可能去敲诈他们呢？你们怎么可以这么污蔑我呢？然后我向他们反映了我上次被城管的“扫黄”队敲诈强奸的过程。

我问她，后来呢?

娜娜说，他们记录了一下，但是我说了至少一千个字，他们只记录了几十个字，我估计他们不会去调查的，他们说，没有证据，但是看我也不像说谎，但我还要多留两天，要调查两天，确定我没有涉嫌敲诈的行为以后才可以。倒霉死了。喏，就是这支录音笔。

娜娜在包里翻了半天，将录音笔翻了出来。在我面前晃动几下，说，就是它，不过我现在也用不到它了，我最希望有一台照相机，可以把孩子长大的过程拍下来。不过现在能生下来养活就不错了。这支录音笔，后来我就用来唱歌。我录了我自己唱的好多歌。但是唱得不好听。和明星唱的不好比。但是比我那几个姐妹唱得强多了。这个就送给你了，你保存好啦，给你放在扶手箱里，我走了，我去开房间了。

我说，去吧。

娜娜打开车门，又转身回来，凝望着我。

我又摆摆手，说，快去。

娜娜猛一转身，快步向酒店门口走去。

我说，等等。

娜娜紧张地一回头，问，怎么啦?

我说，刚才你哭什么？你说着说着就没有再解释。

娜娜说，嗯，不知道，没什么，觉得你好，当客人要和我做的时候，都开的那么破的房间，你都不要和我做，却带我去那么好的地方。还带我吃东西，让我坐在车上那么久，还听我说那么久的话，快有好多年了，没有一个男的听我说话超过五句，不过我知道的，我知道我是个什么，你放心好了，谢谢你，对不起你。

我说，别多想了，主要我自己也想睡得好些，快去吧。

我一直目送她的身影，娜娜回头了几次，但我想她应该看不到我在看她。我忍不住有些伤感，娜娜走上了台阶，又回眸向我的方向看了一眼，伫立了几秒，慢慢向酒店大堂走去，一直到我完全不能寻找到她的踪迹。我踩下了1988的离合器，挂上了一挡，对着她走的方向轻声说道，再见。

娜娜转过头去的那个时刻，我说不清是解脱还是不舍，我想，对于不相爱的一男一女，在一个旅途里，始终是没有意义的，她的生活艰辛，我愿意伸手，但我不愿意插手。我有着我的目的地，她有着她的目的地，我们在一起，谁都到达不了谁的目的地。此刻的她应该正在柜台上问服务员还有无房间，不知道她会为我们要一张大床间还是标准间，只可惜我已经上路了。

这是漫长的一天，我已经累了。我往前开出了几百盏路灯的距离。也许是两三公里，看见一个路口，我本想在1988里蜷一晚上，这也算是挽回了一些经济的损失，但我展开了地图，离开我的目的地还有很多的公里。我是不是要上高速公路，不再在这国道上走走停停，但我担心的是1988不能坚持那么长距离的高速驾驶，毕竟这台车的手续有问题，如果在高速公路上抛锚了，连个周旋的地方都没有。混乱的地面道路是最好的地方。1988就像我周围的人，国道就像这个杂乱的世界，在越无序的地方，我越能寻觅到安全感。这安全感的代价就是你要时刻集中精神，否则你就会被庞大的交通工具碾过。我已经身心疲乏，无论是什么样的地方，我多想躺在床上。

我在那个路口右转，看见了凯旋旅店。我已经对这个世界上亮灯的东西眼花缭乱了。我都不知道我是怎么一路打着哈欠一路开到了这家旅店，我甚至分不清楚“旋”字和“旅”字的区别。不过这很正常，在我念书的时候，我就经常写不利索“幼”字和“幻”字。我相信任何凯旋的人都不会住在这里，我选择这个地方是因为我实在没有体力了，而且它看上去很便宜，一百元以内就能搞定一晚上。我付了押金，在前台领了一把钥匙，住进了8301房间。我恨透了这样的标记。301就是301。我第一次去大城市找我女朋友的时候，她在酒店等我，我就像沙漠里的一颗仙人掌一样突兀，我被四周的高楼晃晕了，到了酒店，我女朋友说，我在8202。我当时就说，哇哦，82楼。我女朋友说，傻，世界上哪有82楼的酒店啊。

后来我和另外一个女孩子住到了在86楼的酒店，就像住在云端里。我觉得我那些逝去的朋友们应该是在这个高度翱翔着，不会再高，因为他们都有一些近视。

我躺在了8301的床上，舒展了身体，这廉价的床垫是如此熟悉，在我生命时光里，在这样软硬的床垫上，那些女孩子，要么睡在我的怀里，要么转过身去。我记得我还这样开导一个想自杀的女孩子，她是个美貌的女孩子，但是她不想活的原因是她觉得大家都只注意她的相貌，而她想让别人知道，她不是只有相貌。所以她很抑郁。今天的我明白，她一定死不了，给她所有的自杀工具都没用，她只是在以另外一种更加矫情的方式自恋，而抑郁和自杀都是她增添美感的一种手段。她说，她感觉生活就像无底洞一样把她往下拽，她不想活了。

我睡眼蒙眬地说道，亲爱的，生活它不是深渊，它是你走过的平原和你想登上的高山，它就像我们睡过的每一张床，你从来不会陷下去，也许它不属于我们，但它一定属于你，你觉得它往下，是因为引力，它绝不会把你拖下深渊，它只想让你伏在地上，听听它的声音，当你休息好了，听够了，你随时可以站起来。你懂么？

她说，我懂了。

我当时很自豪，因为我自己都没懂我在说什么。回头想来，只是我们都不知道周遭的艰辛，才会文艺地感叹。生活它就是深渊。我回忆过去，不代表我对过去的迷恋，也不代表我对现在的失望，它是代表我越来越自闭。天哪，那天躺在床上，其实应该是那个要自杀的女孩子开导我才对，我们总是被那些表面的抑郁所蒙骗，就像我看见的一些人，开导的都是别人，自杀的都是自己。好在我不会自杀，因为我坚信，世界就像一堵墙，我们就像一只猫，我必须要在这堵墙上留下我的抓痕，在此之前，我才不会把爪子对向自己。

我躺在8301的房间里，昏昏欲睡，但我总觉得这个房间缺了什么，我不是说女人，但是作为一个旅店的房间，它一定缺了什么。我浑身不自在，起身寻探，还是不知所然，我又躺到床上，突然发现，在我面前的电视柜上赫然放着一台收音机。我完全能理解这种招待所和廉价旅馆的结合体没有电视机，但我完全不能理解你要把收音机放在那么远的一个位置。

我把收音机放到了床边，插上插座，搜寻着电台，好在再也没有搜寻到任何的敌台，搜到的都是友台。我儿时的那台收音机在两周以后就还给了我。唯一不同的是在敌台的那几个频率上都被嵌进了铁钉，我再也不能停留在那些频率上，这样就彻底杜绝了我的耳朵落入敌人的手中。

8

在我的小学时光里，只有两件事情让我真正发自心底地流泪，第一件事情是丁丁哥哥的离世，第二件事情就是我戴上红领巾。当然，长大后我才知道，为了这两件事情流下同样的眼泪是多么奇怪的一件事情。戴上红领巾的那天，高年级的大姐姐对我说，同学，你现在就是少年先锋队队员了，你知道么，红领巾是烈士的鲜血染红的。我把这个比喻句当成了陈述句，在我的想象中，红领巾工厂里，每天都要用血给我们戴的红领巾上色。

而在听小虎队的那个年代里，我已经对红领巾淡然了。我对圣斗士也不再迷恋，虽然我还每集追看，但是我不再是一辉，我再也没有代入感。我和我的邻居们疏远了。和我班级里的朋友们成立了小虎队，那两个男孩子是沈一定和小马，不幸的是，我被安排做乖乖虎。我的理想是霹雳虎，因为我当时迷上了霹雳旋风腿，我觉得霹雳是非常酷的一个词，而乖，则是一个贬义词。小马不同意，小马说，你就是乖，你看，你做过坏人么，你发过脾气么，你做过坏事么，你就是乖乖虎。

我记得那个时侯不像现在那般四季模糊，恍惚之间，就从严寒到了酷暑，之间似乎没有过渡，一直在脱了羽绒服穿短袖，脱了短袖穿羽绒服。我从来没有剧烈地变换过地理位置，为何在童年里，四季是那样分明，每一朵花开，每一片浮云，每一阵微风，每一个女孩都在告诉你，我们到了什么样的一个季节。我所觊觎的陆美涵、倪菲菲、李小慧和刘茵茵也组成了一个组合。我至今记不得她们四个的化名，我觉得她们有毛病，不似我们，三头老虎，简单明了，她们明明有着自己的名字，还非要叫一个别人的名字。我看了她们看的电视剧，但是完全看不完一集，这太不刺激了，不是在唱歌就是在对话，我想，看名字，这就是一部应景的电视剧，这样的电视剧也就在这个季节里看看，让这几个无知的女孩子模仿模仿，代入代入，除此以外，没有任何人能接受看这样无聊的电视剧，这样的电视剧过了季就没人要看了，我真不知道它拍出来做什么。这个电视剧叫《我和春天有个约会》。

所以到后来，当我看见女孩子们喜欢帅哥甚至社会人士的时候，我总是能够理解。她们的确成熟得更早，因为我是到了高中才知道《我和春天有个约会》的好，她们小学就明白了，而且还实践了。我小学的时候在干什么？我在青苹果乐园。

好在小学的我并没有想明白这点，所以我还是执着地寻找着那个穿蓝色裙子的女孩子，她就像我生命里记忆最深刻的时间里的一根稻草一样，我不知道她算是压垮骆驼的那根稻草还是救命的稻草，总之她那样重要。

而我终于找到了她。

为了寻找这个女孩子，我成为了眼保健操检查员，为的是能够在每一个班级里穿梭寻找她，为的是在我寻找她的时候，她能够闭着眼睛。她若见到我，我一定会低头。在那个时候，紫龙搬家了。紫龙的父亲做海蜇生意发了家，花了三万元给紫龙买了一个城镇户口。我们几个小伙伴中，他的家境明显要比我们的都优越，当时我觉得家境优越只意味着我们吃赤豆棒冰，他可以吃双色棒冰，从来没有想到过他会不和我们一起吃棒冰。由于我们都是农村户口，所以反而对户口没有什么研究，我们的父母倒是经常为此紧张，因为他们觉得当我们长大，农村户口就很难找到老婆，这便是阶级，我们分为直辖市、大城市、地级市、县城、小镇、郊区、农村、山区和贫困山区这几个阶级，父母告诉我们，我们属于郊区，并不完全算农村。但由于我们是大城市的郊区，所以又能有一些优越感，在这个阶级表里可以排在中游。在他们的对话中，找老婆从来不以相爱为标准，如果你找到了户口排名比你靠前的人，你就是光宗耀祖，反之则是灰头土脸。

紫龙的父亲花了这三万元以后，紫龙比我们高了一个阶级。我们送别了紫龙。紫龙说，我会在放假的时候回来玩的。我的房子还在这里。

后来，这个宅基地就被紫龙的父亲以五万块转让给了别人。

紫龙和我并不是最热络的小伙伴，所以我无从悲伤，只是哀叹。紫龙在临走的时候对我们说，其实，我是因为一直怕10号，所以才没有告诉大家，我的圣衣，也是在我们家地里挖出来的。

当时我想，这是多么勇敢的一句话啊，他在最后向10号的权威发起了挑战。我对他肃然起敬。从那以后，紫龙就在我们的生命里消失了，他消失得只剩下耳边的传闻，他们一家人没有搬到离开我们五公里外的镇上，而是到了繁华都市的中心里。我们每年一度去市区买新衣服过年的时候都会意识到，要不要去紫龙家里看看，后来父母都觉得算了，没什么好麻烦人家的，大过年的，万一人家家里有客人呢。我们居然真的再无相逢，长大后让我悲伤的是，他对我们说的最后一句话，还是一句谎话。

可10号依然是那样霸道，我对他有说不出的感觉，一方面我讨厌他，一方面我羡慕他。10号知道我喜欢一个穿蓝裙子姑娘的事，那是因为我自己犯贱，告诉了他。希望他能够帮我回忆。10号说，你这个傻子，真正的男人，真正的斗士，从不会为一个女孩子去做什么。

但当时我已经开始读课外书了，我说，为什么我老看见外国人为一个女孩子而决斗呢？

10号一愣，继而说道，那是外国的斗牛士，他们是为了一头牛。

我说，不是的，是站在一处空的场地上，然后两个人决斗，谁赢了女的就跟谁走。

10号说，那很好，如果哪天我们两个同时喜欢上一个女的，我们就决斗。

我说，让这个女的自己来选不就行了。

10号鄙夷地说道，你这个笨蛋，真正的男人，真正的斗士，就是要为了一个女孩子而决斗的。

我问10号，你有喜欢的女孩子么？

10号说，我没有，我也永远不会为了一个女孩子而怎么样。这种事情，也就是你这样的人做出来的。

我说，嗯，是啊。

我依然每天在眼保健操的音乐声里穿梭于各个班级之间。渐渐地，我对这件事情已经忘却，我只记得我是一个查眼保健操的时候同学们有没有闭眼的人，这就是日复一日机械的工作带给人们的恶果。它让人无一例外地忘记自己最初的理想。过去了一年，我因为工作认真和跑得快，牢牢地把守着我们这一个年级的这个职位，在四节的眼保健操里，我需要检查四个班级，在这一年的头几个月里，我总是盯着女生的裙子看，等到天气冷去，大家都开始穿裤子。我慢慢地开始看她们的脸，我最喜欢看她们做第三节眼保健操，那是揉四白穴。在揉四白穴的时候，每一个女孩的面貌都清晰可见，她们把自己的脸扯来扯去，更是可爱。到了第二年夏天来临的时候，我已经忘记了再看她们的裙子。我只是发现了这个年级里所有漂亮可爱的女孩子，我仔细地观察过她们，她们的每一个动作，她们每一次颤动的睫毛，但是她们从不知道这些。

那是第二年的六一儿童节，是我留在小学里的最后一年。我和沈一定还有小马组成的小虎队终于要上台唱歌。和我们在一起唱歌的还有陆美涵、倪菲菲、李小慧和刘茵茵组合。这将是我们离开这个校园前的最后一个六一儿童节。我们的儿童节联欢会在下午，上午我们照常上课。在第三节课开始之前，我照例去检查眼保健操。我对这个工作虽然已经失去感觉和激情，但总是还有微微的特权感。当先跑去了最远的六年级一班，因为六年级一班是离开我们最远的，我在六年级四班。这样检查下来，在最后一节结束的时候，我正好可以坐回到座位上，云淡风轻。但是我在六年级一班等待了很久，都不见广播响起，学生们开始有些骚动。但老师一般都会在眼保健操尾声的时候进来班级，所以局势有些失控，我看见六一班里有些调皮的男孩开始起哄。我走上讲台，用黑板擦敲了几下桌子，说，同学们，我们要做到老师在和不在一个样。

马上有一个男孩喊着说，那我们做不做眼保健操啊，喇叭坏了，喇叭坏了，全校的喇叭都已经坏了。

我严肃地说，我们要做到喇叭坏和不坏一个样。

他很快从椅子里翻腾出来，依然起哄道，怎么一个样啊。

我一咬牙，说道，我来喊。

全班哗然。

我毅然重复道，同学们，你们要听我的节奏。好，保护视力，眼保健操，开始，闭眼。

整个班级的同学都齐刷刷地闭上了眼睛，我的成就感油然而生。

突然间，有一个女孩子站了起来，说道，你错了。

所有同学的眼睛都齐刷刷地睁开了。

我问道，怎么了？

那个女孩子说道，应该是，为革命，保护视力，眼保健操，开始。你漏了三个字，为革命。

班级里的男生大喊道，你是"反革命"，你是"反革命"。

我脸色大变，在课本和课外书里看到的最可恶的称呼居然落到了我的头上。我怔在原地。从此以后，我再也没有了自己的名字，在这个学校里，我的名字就叫"反革命"。他们说，你姓反，你姓反，你是"反革命"。我对他们说，不是，我不叫"反革命"。但是这一切都淹没在群众起哄的浪潮之中。就因为那个女孩子站起身说的一句话，那个女孩子就是刘茵茵。

更让我悲伤的是，在她站起来的一刹那，我清楚地看到她的那条蓝色裙子，分明就是那一条，在我睡前的梦境里，在我醒后的梦境里出现了一万次的蓝色裙子。那天我在云端看见的就是刘茵茵。但是这么一个女孩子，随口的一句话，我就变成了反革命。怎么能是你，刘茵茵。

当时我在学校里已经算是风云人物，一切皆因为我们组成了山寨小虎队。当下午到来，我们三个人站在扎满了气球的舞台上，台上顿时炸开了锅，大家都在交头接耳，讨论着我的新外号。由于所有人互相耳语的时间不一致，但内容一致，所以这三个字无限次地进入了我的耳朵。霹雳虎站在舞台的最中间，我站在他的右边，我们三个站得像三叉戟一样端正，唱了一首《娃哈哈》，然后就被轰下台了。谈及这次不算成功的人生演出，我们认为是主办方对曲目的审查太过于严格。我们当初要求演唱一首小虎队的《爱》，但班主任认为，这很不好，你这么点年纪，懂个屁，你知道什么叫爱么？你这个年纪，谁允许你们爱的？

当时霹雳虎插了一句，说，那你们还老让我们爱祖国。

由于逻辑正确但政治错误，老师当时就怒了，骂道，因为我们的祖国是……我们的祖国是……是花园。好了不要说了，你们就唱《娃哈哈》。娃哈哈啊娃哈哈，每个人脸上都笑开了颜，多么喜庆。

我们唱完以后，回到了座位上，周围的同学们都在评论我们，当然，不会是什么好的评论，整个演出的下半场我都是恍惚的，以至于那四个女生什么时候上台唱歌的都不知道。但我知道，她们唱了一首张学友的《祝福》，几许愁，几许忧，人生难免苦与痛，失去过，才能真正懂得去珍惜和拥有，伤离别，离别虽然在眼前，说再见，再见不会太遥远。

这首歌唱完，得到了同学们如雷贯耳般的掌声，回想起我们唱的《娃哈哈》，我羞愧难当。这还让我想起了丁丁哥哥在我的耳边吟唱了大半首的歌曲。我们当时还有离愁别绪，那便是我们第一次面对大规模告别。小学的离别，那是最不能知道你身边的人未来将变成一个什么样的人物的时刻。

演出结束以后，刘茵茵走到我的面前，对我说，对不起。

我假装潇洒道，怎么了？

刘茵茵说，我不应该纠正你的错误，让你有了一个外号。给同学起外号是一个很不好的行为，但你的外号其实不是我喊出来的。

我说，我知道，我在现场的。

但我依然心跳加速。我知道自己内心所想，但曾经料想过的非常无奈的现实问题还是摆在眼前，刘茵茵已经一米六，而我只有一米四。而她的道歉冷傲得像一块没有缝隙的冰块，我知道那只是缘于她的家教。我就如同一只幼犬，面对着一块比自己还要大的骨头，不知道从何下口。这么长时间的幻想，在成为了现实的一刻，似乎并不那么美好，而我也再无暇回头意淫纱织和花仙子。

在临近毕业前的两天，我躺在床上。

这是一个多么尴尬的时期，我多么希望自己能把这些时间都埋藏了，直接跳到和丁丁哥哥一样的年岁。事实上，它发生了。在我的回忆里，空缺了少年的时光，我的童年，我的青年，都在时代前行的片段里度过，我只是一个普通人，各种各样的标语和口号标记着我的成长，什么流行我追随什么，谁漂亮我追随谁，可少年时候的我在做什么？在那最重要的年岁里，也许是我记忆里的那个姑娘，刘茵茵，她却只给我留下了“反革命”这样一个绰号，一直跟随着我到了工作。工作的时候我离开了所有我熟悉的环境和朋友，这个世界之大能让你完全把自己洗没了，在一个陌生的环境里，我可以重新塑造一遍我自己，没有什么是不会改变的，我上一个角色已经演完了，这是我接的新戏。

9

在8301房间里醒来的时候，我第一反应就是去阳台上看一看1988还在不在，白天看这个房间的设计更加奇怪，它的阳台快要大过它的房间。1988依然腻腻歪歪地停在路边。阳台上还有一个水龙头。我在阳台上洗漱，展开了地图。设计了一下旅程，想自己还是能来得及赶去接上我的那个在远方的朋友。我把地图折起来放在口袋里，推开门，不知是什么样的感情，我想起了娜娜，她此刻一定在明珠大酒店里睁开眼睛，虽然我心怀愧疚，但我也无怨无错，至少她睡了一个比我要好的觉，因为她睡着比我更好的床，而且手里还有一小笔钱，至少能吃饭住宿，当作路费，也足够找到十个孩子他爹。

我甚至隐约觉得如此对待一个小姐一定会被别人耻笑。但我觉得丁丁哥哥不会笑我，我便心里平静。事实上，现在的我，已经比死时的丁丁哥哥大了不少，但在做到任何有争议的事情的时候，我总会把他从记忆里拽出来，意淫他的态度，当然，他总是支持我。我告诉自己，不能看不起娜娜，不能看不起娜娜，但我想我的内心深处还是介意她与我同行。无论如何，这个人已经在我的生命里过去了，唯一留给我的问题便是，我应该是像期盼一个活人一样期盼她，还是像怀念一个死人一样怀念她。但这些都无所谓，长路漫漫，永不再见。

我打开了房间的门，掏出1988的钥匙，走过楼梯的第一个拐角，我就遇见了娜娜。

我以为我梦游去了明珠大酒店。

娜娜和我一样呆在原地，一直到一个下楼洗衣服的赤膊工人打断了我们的沉默。他说，你们两个挪一挪。我和娜娜往边上挪了挪，娜娜泪水直接落在了台阶上，说，对不起。

我说，对不起。

娜娜和昨天看上去不一样，漂亮了一大截，她给自己化了妆，而且化得还不错，但她的妆很快在她的泪水里花了。她又说，对不起。

我说，怎么了娜娜？

娜娜扯住我的衣角，说，对不起。

我说，娜娜，究竟怎么了？

娜娜说，对不起，我欺骗了你。

我顿感角色错位，问道，怎么了？

娜娜说，我拿了你的钱，但我没有去开房间，我溜走了。

我轻轻“啊”了一声。

娜娜说，对不起。

我说，那你，后来，你……

娜娜说，我去了酒店的前台，然后从后门走了，我知道你一定等了我很久，然后你找不到我。

我说，嗯，等了一会儿。

娜娜说，你要把钱要回去么？我现在就可以给你，但是我住宿用了点。

我说，不用。你怎么能不告而别呢？

娜娜说，对不起，我害怕你丢下我，我也知道你会丢下我，本来这个事情就和你没有关系，但是我还是害怕，我已经没有钱了，但我不会问你要的。

我入戏了，还有点生气道，于是你就拿了钱走了？

娜娜说，嗯。

我说，难道我还不如这几千块钱重要？

娜娜说，不是。

我问她，那你跑什么？

娜娜说，不是跑，我觉得你迟早要放下我，我还是走吧。

我说，你觉得我是那种人么？

娜娜说，是。

我说，我真的是。

我突然从恶人变成了受害者，不知该怎么描述心情。我对娜娜说，走吧，上路吧。

娜娜说，多不吉利。

我说，那走吧，出发吧。

娜娜问我，我要跟着你做什么呢？

我问她，你能做什么呢？

娜娜说，我什么都做不了，本来我还有能做的，但现在也不能做了。

我说，那你就踏踏实实走吧。

娜娜问我，你会有什么负担么？

我说，没有，但我会增加一点油耗。

娜娜很紧张，问我，那怎么办？

我没有办法回答她。

在街边吃了早饭，就如一夜梦境，我们重新坐进了一台车里。娜娜把自己的妆补了，我问她，你自己给自己化的？

娜娜说，是啊。

我本想和她继续这个话题往下聊，但我停住了，突然对她说，娜娜，你千万不要觉得我爱上你了。娜娜，你不会爱上我了吧？

娜娜说，不会，不会，你放心，这点职业操守我还是有的。

我说，你们还有职业操守？

娜娜说，那当然有。

我笑道，那你们还有职业楷模？

娜娜说，那自然也有。我们有一个一姐的。

我问，她叫什么名字？

娜娜说，叫孟欣童。

我赞叹了一声，说，原来这个行业里最一线的还都是有正常的艺名的，是不是只有你们这样二三线的才用重叠字啊，什么娜娜啊，珊珊哪。

娜娜说，那是，人家的名字可是算过的，不过她的确漂亮，我是从来没有见过她，但是我有一个顾客看到过，我们都知道她长什么样子，因为有她的照片。这个顾客就喜欢和我聊，每次点我就让我给他按摩，但他给的钱一样多，所以我就很乐意和他聊，他说他上次去卅城，就终于见到了那个传说中的全国头牌，真的好漂亮。他拿了一个号，就等着叫到号，然后飞过去。但是后来他没能飞过去，因为他排到只差了两百多号的时候，孟欣童就消失了，后来再没有消息了。

我问娜娜，去哪里了。

娜娜说，我哪知道。可能是死了，可能是傍到人了。但是我们都给她算过，她的总收入肯定是过千万的，她不光光是卅城的头牌，她可以说是全国的头牌，虽然北京有几个夜总会，名气很大，但是都压不过她，你要找她，还得特地飞到卅城去，你要特地坐飞机，然后转汽车两个小时，才能拿到一个号，那是什么概念，然后提前一天通知你，你得过去，还有拿了号以后轮到的人，特地从欧洲飞回来的。你是不在这个圈子里，你不知道这个奇女子的厉害。她可是我们的偶像。只可惜她最后就不见了。

我说，说不定人家就是换了一个城市重新生活呢？

娜娜笑道，干我们这一行的，换一个城市也就是重操旧业，有时候不是因为我们缺钱，也不是我们喜欢干这一行，就觉得我们只会干这个，可能我有一阵子不缺钱，但我还得干，我只觉得这样最有安全感，哪怕完事以后人家嫖客跑了，都要比在家里停工一天觉得踏实。

我说，那你还真挺辛苦的，一个月要干满三十天。

娜娜认真地对我说道，不，是二十五天。

我说，哦，忘了你们的天然假期。那你不交男朋友么？

娜娜说，交啊，以前我的一个同学，后来追求我，我不知道怎么的，稀里糊涂就答应了，我们在两个城市，是在电脑上重新找到对方的，后来在电脑上确立了恋爱关系。他一直要求来看我，但我哪里来的时间啊，只能等我每个月放假的时候和他见面，他就坐火车过来，我们大概这样坚持了半年，后来就不好了。

我问，为什么不好？

娜娜说，他一共坐火车来了七次，每次我都例假，但我又不敢用嘴，我怕我忍不住太熟练了把人家吓跑，我们就这样憋着，后来他受不了了。我们吵架了，然后就分手了。

我说，你那个小男朋友还挺能忍的，分手他怎么说的。

娜娜说，他说，我知道你是一个好女孩，我知道你这么做都是故意的，你想把你的第一次留给新婚之夜，你是我见过的最纯洁的姑娘，但是，我们总不能一直这样，我来一次也不容易，你下次能不能在不来例假的时候找我来？

我和娜娜同时笑得不可自已。

娜娜指着前方，说，看路，看路，你开歪了。

我大笑着说，哈哈哈，最纯洁的姑娘。

娜娜跟着笑道，是啊，这傻子。

我收住了笑，扶着方向盘。

娜娜把双腿蜷在座上，抱着自己的膝盖说，按理来说，其实他挺好的，我应该挺对不起人家的，但是为什么我一点都不内疚呢？

我接着问道，为什么呢？

娜娜说，因为我不爱人家。我丝毫不爱人家，我不爱这种类型的。

我问娜娜，那你爱过谁？

娜娜说，我还真爱过一个人。

我自作聪明道，是不是你高中或者大学的师哥？

娜娜瞪我一眼，道，对不起啊，我没上过。

我忙说对不起。

娜娜流露出了一个微妙的不快，然后又被骨子里的愉悦所覆盖，道，是这样的，我喜欢的那个男人，是我第一次去的洗头店的老板娘的老公。

我说，哦，那就是你的老板。

娜娜严肃道，不是的，那不一样的，那个店就是我们老板娘开的，她老公自己开了一个其他店，做的生意要大很多。

我问，做什么生意？

娜娜说，他开了一个桑拿店。

我说，这不是一样吗？

娜娜立即向我科普道，这哪一样，当然不一样了，规模完全不一样，一个洗头店，十万块钱就能开起来，一年最多赚个二三十万，一个桑拿没有一千万都开不下来的，弄好了一年能赚两三千万，当然，我当时去的是小地方，开桑拿规模不用那么大，但是档次还是不一样，洗头店里全套一百五就给你了，桑拿中心里怎么都要三百多。我老板娘的老公还是很有气质的，而且很能罩得住的。

我说，那后来呢？

娜娜说，嗯，被抓进去了。

我说，他不是罩得住么？

娜娜说，罩子再大也有个半径的，他跑到外地去赌博，给抓了。

我说，你喜欢人家什么？

娜娜说，我喜欢他罩得住。

我不屑道，那不是最后也栽了么？

娜娜说，那不一样，至少在栽之前让我有安全感，他是唯一一个让我有安全感的男人。别人就这么来了又走了，我和他一起待了三年多，那个时候我还不会做这个行业，是他手把手教我的，我第一次试钟就是他试的。

我说，那他老婆呢，就是你的老板娘呢？

就是老板娘安排他来一个一个试钟的啊，但是我没有能够进桑拿中心，还是在洗头店里工作。

我略带伤感问她，娜娜，那既然你这么喜欢他，他怎么没把你安排进桑拿中心呢？桑拿中心提成应该也会高一点，工作起来也安全一点。

娜娜说，是啊，在那个时间里，进桑拿中心就是我唯一的梦想。

我笑话道，你就这么点追求。

娜娜说，那怎么了，至少我一心要往高处走。

我点了一支烟，说，接着说说你的故事。

娜娜说，把烟掐了。

我忙把烟掐了，说，对不起。

娜娜摆弄着安全带，对我说道，那个老板叫孙老板，他一直换名字的，我就叫他孙老板，他很早前是从机关单位下岗的，哦，不，是下海的。我最早去的那个地方是宜春。你不知道那里吧，那是一个很小的县城。我从家里出来，就到了那里，因为火车到那里要查票了，我是从家里跑出来的，当时我身边什么钱都没有带。可其实那个地方离我家并不是很远，因为绿皮火车我只坐了一天，我想可能也就六七百公里的路程。

宜春是个很小的县城，哦，我刚才说过了。我那年多少岁？我想想，我那年反正不到二十岁。我就出来了。我还算是我们那里出来得晚的。我小时候的姐妹们都出来了，全国各地，我从十六岁开始，身边的朋友就不停地少，不停地少，到我出来的时候，已经没有了，只有我弟弟。但我弟弟算不上我朋友。

在宜春我待了三年，四年？差不多四年。你问我为什么喜欢孙老板？我也说不清楚。反正我觉得我要是有这么一个男人，我就知足了。我当时要一个什么检疫证之类的还是什么，反正我也不是很清楚，就是像市场上卖的猪肉一样，表示自己很干净的那种证件，我说我该怎么去弄啊，孙老板一个电话就搞定了。他很有门道的。老板娘开车违章了，他也是一个电话就搞定了，反正什么事情都是一个电话就搞定了，连电话丢了，都能一个电话就搞定了。

不过我不喜欢孙老板也难，他是我那个四年里唯一一个常能看见的男人，其他的男人，基本上都只能看到一眼，后来随着我业务水平的提高，有些男人能多看两眼了，但是你知道那帮男人，多虚伪，说得好好的，下一次还是要点我，下一次过来就点了别人，还假装跟我不认识。不过我也能理解，一样是花钱。当然要玩点不一样的，玩来玩去都是一样的，那和在家里陪老婆有什么区别。但我就接受不了他们瞎说。孙老板很栽培我的，他一直惦记着要把我调到桑拿去，但是老板娘拦着，因为我做到后来，也有了不少的熟客。你别看我姿色一般，其实我化妆一下，还是挺漂亮的，真的，你看，我今天和昨天有没有什么区别？我以前就是学化妆的。我本来是想做化妆师，做化妆师能给好多明星化妆，真的，我特喜欢，这么多人摸不到他们，我让他们闭眼，他们就闭眼，我让他们张嘴，他们就张嘴，我想摸就摸，想捏就捏。这多爽。我把这个想法唯独给一个客人说过，那个客人说，没有安全感的人一般都特别有控制欲。我觉得我应该是没有安全感的。谁有，你说谁有，我就没见过一个有安全感的，连孙老板也没有，要不然孙老板怎么会把钱藏在洗头店的热水瓶里。孙老板够厉害了吧。不过他也没见过明星，你见过明星么？

我看着娜娜，说，娜娜，说话要连贯一点，昨天说你去医院看病那一段就很有逻辑，今天怎么就逻辑混乱了？

娜娜说，昨天是说故事，今天是说感情，说感情当然就混乱了。我说到哪里了，哦，孙老板，你先说，你觉得我今天给自己化的妆怎么样？

我端详了两秒，说，真的不错，比那天冲进我房间漂亮多了，那天你如果化妆成了今天的样子，我就多给你一百。

娜娜马上微微从座椅上腾起身子，说，对了，说起钱，还给你，被你逮住了，我就不黑你的钱了。你给我的钱，我只花了六十，在凯旋旅店住了一晚上。

我说，为什么你只要六十，我住进去就花了九十八。

娜娜说，你们男人就是不会过日子，你可以砍价的嘛。我就在那里砍了好长时间。我说我先住一天，看看好不好，然后我有可能长包一间房间，她就六十给我了。唉，我们真是傻，早知道这样，在凯旋旅店开一个房间就好了，还浪费一间房间。唉，对了，昨天晚上我还老想起你，不过你别误会了，我不是喜欢你，我就是觉得挺难受的，你想我么？

我说，我没有。

娜娜说，嗯，那就好。我看过很多男人的，想你也不会喜欢我，我也就没动那个念想。我见过的男人也有这个数目了。

娜娜说着张开了自己的手掌。

我说，五位数。

娜娜说，白痴，你当我机器啊，哪有那么多。几百个得有吧。

我说，那你把手张开干什么？

娜娜说，哦，我在看掌纹。你看我的爱情线，算了，你还是开车吧，别看了，你看我的爱情线，它和事业线绕在一起。不过我的生命线很短。你看就到这里，大概三十岁，不过在这里，你看，哦，你管你开车，别看，就是这里，这里会有一个新的分支。这就是我的孩子。嘿嘿。对了，跟你说回孙老板的故事，其实我和孙老板也没有什么故事，他每次来都要和我试钟，看看我的水平有没有提高。我本不应该要他钱，因为他过来，老板娘也不会抽成，但是我每次都要问他要十块钱，你知道为什么吗?

我说，为什么?

娜娜说，因为如果他给了我钱，我心里就舒服，我们就是做生意的关系，只有我的男人可以上我不付钱，但他又不是我的男人。虽然老板娘和他也没什么感情，但是他又不可能跟人家离了跟我走，我怕我感情上接受不了，所以我一定要收钱。

我说，你真怪。

娜娜说，直到有一次，我彻底崩溃了，我哭了一天一夜，那次完事了，他告诉我，冰冰，哦对不起，那个时候我叫冰冰，他说，冰冰，对不起，钱包忘车里了，今天就不给你钱了。我当时就急了，说不行，你再掏掏口袋，哪怕一毛钱都行。孙老板说，我光着，哪里来的口袋。我当时就把衣服给他拿过去了。他掏了半天，说，冰冰，我今天真的没有带一分钱。真的没有。我听到这句话，当时就不行了。我抱着他哭，哭得他都傻了。我还是第一次看见他傻掉，你知道孙老板是一个很镇定的人，我从来没有看见过他不知所措那种样子，我眼泪全都沾在他的身上，他说，冰冰，对不起，我真的没带钱，下次我给你补上。我说，你这个白痴，你怎么可能懂。

我说，我也不是特别懂。

娜娜双手撑着扶手箱，说，是啊，你怎么会明白，干我们这一行的，身体都给了人家，总得给自己留点什么。我有一个姐妹，死活不肯用嘴，她就是要把嘴留给她以后老公，结果一次一个男的喝醉了，弄半天不行，那男的非要让她用嘴，她不从，被那个男的打的，十天以后才来上班。警察都来了，后来他赔误工费，可你知道我们这算什么工作啊，怎么算误工费啊。有一个姐妹，从头到尾都必须用套，这倒好，干净，她说只有她老公才能不用套，但问题是这样的话收入就特别少，熟客也不喜欢你，以后也不点你，你的点钟少了，都不一定能留下来继续干，大家都不是那种长得如花似玉的，还不是靠着敬业的精神么，你说是么，你不满足客人，你又不是大美女，你说这怎么弄。你说我出道的时候多傻，呵呵，什么都不知道，我能给我以后老公留什么啊，我什么都没能留下，留一个不知道爹是谁的孩子？我该用的地方都用了，我只能安慰自己，说以后给我的男人唯一留下的福利就是，上我不用给钱。但是孙老板，这个王八蛋，他居然没有给钱。

我听着久久不语。

娜娜怔怔地看着前方，说，不知道他现在怎么样了，我想去找他，可是我也不知道他去哪里了。你说这一路上这么多的县城，这么多的房子，他在哪一栋里呢？

我说，可人家有老婆了。

娜娜说，我可以的。我没问题的。你说我们到这个世界上来一遭，不就是为了找个喜欢的人，有个孩子，这就可以了。我就是不幸，这两个没能结合起来。我可能跟你这么说显得非常的平面，你也不能够深入地了解孙老板这个人，你一定觉得他和普通的开浴场的男人没什么区别，但是他真的不一样，你要相信我，我见过那么多的男人，那么多，除了孙老板，我真正动心的还有一个，他说他是一个音乐制作人，我喜欢王菲，他说他以前是王菲的制作人，我当时就特别激动。他留长长的头发，人瘦瘦高高，我们净在床上聊王菲了。我说，你也是一个有头有脸的人，怎么会来我们这种这么小的洗头店呢。他说，他在体验生活。我很高兴，把姐妹们都叫了上来。说，大家快让王菲的制作人体验体验。他说，太多了，太多了，忙不过来，歌要一首一首做，女人也要一个一个做。你知道么，我们都喜欢王菲，我唱得特别像王菲，容易受伤的女人，得得得得，得得得得得得，得得得得受伤的女人，得得得得……我唱得怎么样。当时我也唱给他听了，他说，很好，说我很有音乐的潜质，下次带上唱片公司的老板过来听我唱歌，说不定可以包装包装。我说，那我得赶紧告诉老板娘，你们如果过来的话，这里就蓬荜生辉，你们包装包装，我们这里还得装修装修。

他说，我们可以包装出一个励志的歌手，你是从社会最底层出来的，当然，我们不会说你是干这行的，但我们可以说你是一个捏脚的，平民天后。到时候我帮你做几首歌，能不能站住脚跟一炮而红还是要看机会的，我不能给你打保票。

我问他，我能见到王菲么?

他说，等王菲录歌的时候我通知你，你过来到棚里就行了。

我说，棚在哪里啊?

他说，北京。

我说，哇噢，你这一路体验得真够远的。

他说，嗯，因为一直在北京待着，艺术的细胞有点枯竭，需要山谷里的清风吹醒我，也需要旅途上陌生的果儿伤害我，果儿你知道么，果儿就是姑娘的意思，我们北京这个圈子里都这么叫，你要先熟悉起来，万一你到了北京听不懂，闹笑话。

我说，嗯，果儿，我是果儿。

他说，好，这个名字真有范儿，你叫什么名字？

我说，叫我冰冰。

他说，你已经有艺名了啊，这样，你还是叫冰冰，但你要改一下你的名字，因为北京已经有两个冰冰了，你知道的吧，所以你的名字里可以有冰字，但是你可以和果结合起来，叫冰果。你觉得怎么样，艺术气息和摇滚范儿完美结合。

我说，冰果，好啊。

他突然又挠头说道，冰果，不行，听着像毒品。

我说，没关系，毒品让人上瘾。

他当时就两眼发光，说，真是不虚此行，真是不虚此行，我想好了，如果给你做一张专辑，专辑的名字就叫《冰毒》，你觉得好么。

我当时眼泪就唰一下流了下来，不是被这个名字感动的，我当时就觉得，如果我真的出了唱片，那么我就有脸去参加以前小学初中的同学会了，我要不要带一个助手？我觉得还是不要了，太装了，还是让司机和助手远远地等着就可以了。我觉得我还能上台唱歌，还给这个世界留下一张唱片，你知道么，我在这个世界里留下了东西，那我就死了都无所谓了，只要我能够证明我来过这里，我就不怕死。我从来不觉得我应该属于这个世界，这个世界是我们去到真正的世界之前的一个化妆间而已。而且我变成了一个歌手。你知道那种感受么，于是我就哭了。

王菲的制作人一看见我哭了，说，《冰毒》这个名字真的很好，从专辑运营的角度来讲，市场定位非常准确，就是那些迷茫的都市青年。他们天天在夜店里混，天天溜着冰，但是突然有一张叫《冰毒》的唱片，太震撼了。

我泪眼里看着他，都快看不清楚了。

这个时候，老板娘在楼下叫，到钟了，要不要加钟。

我说，你加一个钟吧。

他说，不了，人生海海，我只停留一个钟。这是我的电话。

他把自己的电话号码用一个一块钱硬币写在了好久没有粉过的白墙上，我们那个墙壁粉刷质量那个差呀，石灰粉唰唰地往下掉，掉了我一床单，我的床头正对着窗口，扬起来的粉尘颗粒一颗一颗的，外面太阳好大啊。我的眼泪就这样干在脸上，我说，那你什么时候再来。

他说，我要去北京商量一下，虽然我是一个制作人，但我也有一定的决定权，不过你不要太放在心上，本职工作还是要做好。你等我消息就可以了，你的声线非常好，当然，你的身材也非常好。我是有信心的。我这走了一千多公里，你算是我的一个大收获，所以说皇帝都要经常离京微服私访，好的艺术都在民间，科班出身经常干不过那些半路出家的，这个你要放心我的实力。多少钱？

我说，你给十块就行了。

他大吃一惊，说，你们这里真便宜，北京要一千多。

我说，不是的，我只收你十块，我是亏的，因为我还要给老板娘八十。但我只收你十块。

他掏出来十块钱，放在我手里，说，未来你的出场费是这个的一万倍。

我说，我只要能出唱片，只要能唱歌就行了。

他说，记住，谁也不能妨碍你唱歌，我会去促成这件事情，合作愉快。

我伸出了手，说，合作愉快。

然后他就走了，他穿着一件呢子的风衣，斜挎着一个包，还有大大的围巾。那是冬天，他刚走出门就对着手哈了一口气，白茫茫的。我一直站在我的小隔间的窗口发呆，那天我都没有接客。我傻了整整一天。

此刻的国道上开始堵车，应该是前面发生了交通事故。我所担心的是1988的离合器承受不住那样走走停停的环境。我对娜娜说，结果不用说也知道，那是个骗子是吧？要不然你今天也不会坐在我这辆破车里。

娜娜把窗摇了下来，说，嗯，他是个骗子。

我问，你是怎么识破的呢？他后来一直都没有找你么？

娜娜说，嗯，姐妹让我打电话过去，我说不打了，我等人家联系吧，万一我打电话过去人家正在给王菲录歌呢？我的铃声岂不是都录进去了，打扰人家多不好。

我说，那也挺好，王菲的歌里插一个你的彩铃，你也算是给这个世界留下了一点东西。哈哈哈哈。

娜娜说，这个不好笑的。你别幸灾乐祸。后来我看电视，看女明星八卦的时候看到王菲以前那个制作人了，身形差不多，但脸好像不是同一张。

我说，嗯，这个没办法。

娜娜愤愤不平道，你说这个人，他骗了我，我失眠了一个晚上，而且我好像不光在想我的唱片，我还在想着那个人，我想，说不定做唱片的时候，像他这样的艺术家可以突破世俗的枷锁，跟我谈恋爱。如果我们谈恋爱，我一定要装神秘感，我要少开口说话，像王菲那样，说不定他会喜欢我这种神秘感。后来我又想，神秘个屁啊，见第一面就上床了。但我还是挺想他的，那几个晚上连孙老板都没顾上想。我小的时候其实还是很喜欢读课外书的，而且很喜欢听音乐的，比起人家说的安全感，我发现这样有艺术气质的人还是对我有吸引力的，不过是个假的。

我哈哈大笑。

娜娜说，你真没有同情心。

我说，我实在忍不住了，但是至少从艺术的角度，这个人还在你的床头墙上留下了一堆数字，总有留下的东西的，而且是永远留着，就算你以后没有在那里上班，但是你的墙还是留着的，你把自己的故事留给了所有能看到那堵墙的人，这就是在这个世界里的痕迹，那栋楼那间房间后来怎么样了？

娜娜一耸肩，说，地震塌了。

国道上堵得异常扎实，半天都没有动一下，我将车熄火了以免开锅，怠速时候的震动瞬间消失了，我问道，娜娜，你不觉得这车太老了，坐着不舒服？

娜娜说，不觉得，嫁鸡随鸡嫁狗随狗，坐车就随车喽，反正我干的工作按理来说都应该是最舒服的事，但都不怎么舒服，所以别的也就无所谓，我可没有那么矫情，你开车，我随意。这样就已经不错了。

我展开了地图，对着国道上的标示，我发现地图上的标示和我走的道路已经不是同一条，我打开车门，站在踏板上往前眺望，在我视线的尽头，路还是死死地堵着。娜娜从我手里接过了地图，问我，要去哪里？

我指着一个城市，说，那里。

娜娜说，好啊，我也去那里。

我说，你去过么？

娜娜说，当然没有了，但是我要去那里，那里我认识朋友。其实不堵车，开一天就到了。你来得及。你的时间大大地足够。

娜娜说，绕路吧。

我说，绕不过，我们要过一座桥，绕的话要绕很远。

娜娜说，没关系，我没有什么目的地。

我说，我有。

娜娜说，哦，你究竟去那里做什么？

我说，我要去接我的一个朋友。

娜娜不屑道，是个女的？

我说，是个男的。

娜娜一笑，你什么取向？

我说，切，你不是已经见识过了。

娜娜一愣，说，嗯，也是。但是你怎么能对一个男的这么执著，并这么老远去，他是你什么人。

我说，他是我的一个好朋友，你屁股下的这个东西就是他做的。

娜娜说，哇，他会做坐垫。

我说，不是，这台车，这台车就是他做的。

娜娜说，好了不起。我也喜欢这些有手艺的人。

我说，你也算是有一技之长的人。

娜娜说，你是在笑我吧。

我说，我可不是。

娜娜玩弄着自己的头发，说，我知道你挺看不起我这一行的。

我说，那正常。你以后要婚嫁，还得找得远一些，你打算回你老家么？

娜娜说，其实我不打算，我们女孩子，出来了，基本上就不想着回去了，本来在家里大家也都只顾着弟弟，而且我们这里出来的女孩子，好多人干了这个，能看得出来，你知道么，干久了，大家眼神一对，都知道，知道了往外传，我老家那么小个地方，很快就都知道了，反正我估计我爸妈也是心里有数，但只要不丢他们脸就行。

我说，那你和你爸妈怎么说的，你是出来做什么了？

娜娜说，以前我们都说做按摩师，但现在不行，干这一行的都知道正规的赚不了什么钱，这么说反而让人不放心，所以我就说我做销售。

我笑着说，做销售，哈哈，那销售什么？

娜娜说，自己。

10

车阵往前挪动了一点点，后面也已经堆满了车，掉头的希望彻底毁灭，我们只能随着大流往前蠕动，等待着一出别人的惨剧。在这过程中，还有一些卡车开锅了，说明想看别人悲剧，自己还要过硬，否则自己就成了一场悲剧中的小悲剧。我不知道前面有多么严重的事故，是一场意外，还是一场灾难，但这些都与坐在车里的我们没有什么关系。我想起了我的第一份工作和我的一个女孩。

我的第一份工作是一个记者。我总觉得在所有的故事里，我只是一个旁观者，我总是想做一个参与者，但我总是去晚一步。我想，作为一个记者，总能第一个到达现场。但是成了从业者以后，我却想明白了，我其实还是一个旁观者，只是一个到得比较快的旁观者而已。但是我已经满足于记叙和记忆下来。这个感觉从丁丁哥哥要离开家乡的那一天就特别明显，因为我想和他一起去这个危险的花花世界里，但是被丁丁哥哥无情地拒绝了，他还说过，你是个小孩子，你看着就行了。从那次以后，我一直有一种感觉，我一直走在别人蹚出来的道路上，或崎岖，或平坦。刚刚入行的时候我很激动。我去了一家大报社。那一批一共收了四个新记者，在给我们开会的时候，我见到了报社的副总，他对我们阐述了社会主义新闻观，还告诉了我们，这不是什么神圣的职业，但也别忘了你的追求。

那时候我只是追求一份工资。我在报社附近租了一个房子，一开始是合租的，合租的对象是一个男的，结果有一天，他洗完澡以后突然过来向我表白，我非常崩溃，但出于职业操守，我的第一反应是这个能不能成为一条新闻？当时我还是见习记者，我去问我的编辑，说有个男的追求我，我要不要跟踪这条线索。他久久地看着我，说，朋友，做新闻不一定自己要参与进去的。

然后我就搬了出来。他非常难过。搬家的那一天，他告诉我，说我不用搬走，所有的房租都可以他一个人来负担，我什么都不需要做，只需要安静地躺在他的隔壁就行。但我一想到正被隔墙五米外的一个男人意淫着，我还是无法接受。第二次我找了一个非常破旧拥挤的房子，但务必要一个人住。每天一早，我们就会先开一个会，这个会上涌现的都是真正意义上的新闻，听得我热血沸腾。然后老总会告诉我，这些，不能报。然后我们就开始自己挖掘和跟进。我一开始做的是文娱新闻，但我非常想去做社会新闻，因为我觉得只有做社会新闻才能解决一点问题。不过做文娱新闻有一点好，就是有不少红包可以拿。当时的行情是三百到五百，我一开始拒绝了几次，但是报社非常紧张，说那些明星的经纪人一直盯着问，是不是要不留情面玉石俱焚地写。我说不是，我和他们又没有恩怨，你发布会开什么内容，我就怎么写呗，后来另外的一个资深记者告诉我，你以为你是雷锋，人家把你当黄继光，也就几百块钱，你还是收下吧。我虽然收下了钱，但我心里很不好受。我对一个朋友说，我想去社会新闻版，那里不会再有红包。

朋友说，还是你有野心，那里真没红包，红包包不下那么多钱，一般都是直接打在卡里，你去揭露人家，人家自然要公关你。

我说，我不是这个意思，但难道就没有人正儿八经地做新闻么？

朋友说，都有，每一拨里都有那么几个。

我说，那那些人在哪里？

朋友说，辞退了。

我当天就写了辞呈，因为这毕竟是我的第一个工作，我坚信我只是去错了一家报纸而已，并不是入错了一个行当。那天晚上我喝醉了，我对那个朋友说，你知道么，虽然我小的时候想做一个拉拉面的，但是现在身为一个新闻工作者，我是有理想的。

我朋友说，但是你不知道，那些控制你的人，他们的能量有多么大。

我说，我坚信邪恶不能压倒正义。

他抿了一小口，说，嗯，但是他们可以定义正义和邪恶。

我说，你明天再也看不见我。我把话撂在这里了，明天，太阳再升起来的时候，你，将再也，看不到，我。

第二天，我还是去了办公室，我昨晚其实很清醒，但我希望我那个朋友已经醉了。不过还真被我说中了，我的朋友再也看不见我了，因为他被辞退了。在刊发一条商业贿赂案的新闻的时候，他所指的公司的大股东是我们市委书记的儿子的老婆的哥哥。我去了人事部要辞职，但电视剧里的情节发生了，我还未开口，主任告诉我，正要找你，你顶替那个人的位置吧，以后自我审查的时候细致一点，每一个背景都要搞清楚，我们是很想保他的，但是我们实在保不住，他得罪的人后台实在太硬了，不过你放心，这件事情他写的时候并不清楚，我们也不清楚，稀里糊涂就报了，责任也不应该由他一个人承担，所以我们安排他去了我们底下的一个文学刊物

《曙光》去做编辑了，你可要细心哪。

回去以后的那段时间，我没日没夜地看碟，我看了几百部电影。这是比毒品更好的沉迷方式，我是一个很容易代入的人，看英雄代入英雄，看傻子代入傻子，看女人代入女人，唯独看猫狗大战的时候，我实在不知道是该代入猫好一点呢还是代入狗好一点。我总听到有人说，生活就像一场电影。我说，去你的，生活就像一场电视剧，粗制滥造，没有逻辑，但却猥琐前行，冗长，不过不能罢手。我每次看完一部好的电影，那个晚上总是想无数次第二天要毅然辞职，并且把所有人都痛骂一顿的情景，连打斗场面都设计好了。

你相信么，在这样一个世界里，你用脑子想过的事情，你总是以为你已经做过了。

我不能离开这个工作的原因是，我加薪了，而且我谈恋爱了。我去艺校采访一个明星班的老师，然后又去采访这一批的学生。我和一个学生恋爱了。我大她六岁。她叫孟孟。我采访她，她说，我来这里，就是要做明星的，我不是为了名，我不是为了利，那是我的价值。况且从来没有姓孟的女明星。

我当时就打断她说，有孟庭苇和孟广美。

她说，那内地还没有，况且她们都算不上。

我问她，那你有没有给自己规划过。

她说，我们的道路都不是自己规划出来的，都是别人在规划的时候把我们圈进去的。

我当时听了很伤心，我说，以下谈话不是采访的内容，我能帮你什么？

她说，你帮我多写一点。

回去以后我真的多写了一点。但是见报的时候已经被删光了。为此我和总编辑据理力争，总编辑认为，大家都不认识这个人，但这个采访里，当红影星才说了两句，但她说了四句。我说，因为她说得特别现实，我觉得特别有意义。

总编辑说，我觉得特别没意义，就这样了。

后来是孟孟主动给我打的电话，说，出来玩吧，来唱歌。

我迟疑了一会儿，说，哪里。

后来我们就好了。

我们在一起的过程是这样的，她说，她是一个好女孩，但是刚刚来到这个城市，坦率地讲，她不能保证她不会变，因为这个世界就像温水煮青蛙一样。

我说，其实温水煮青蛙是一个错误的俗语，温水煮不了青蛙的。

孟孟说，你谈话时候关注的点真的很奇怪。

我说，真的，以前丁丁哥哥告诉过我，丁丁哥哥是我一个哥哥，他在我还上小学的时候就给我煮过一次青蛙，我们先把青蛙放在水里，然后煮，煮了一会儿，青蛙觉得热，就自己跳出来了，丁丁哥哥告诉我，有些事情，所有人都觉得是对的，它也有可能是错的。但是我是要告诉你，不要拿青蛙给现实改变自己找借口，温水是煮不了青蛙的，青蛙没有那么蠢，这就是现实。

孟孟说，我不信，我要来你家做实验，明天下午我过来，你地址给我，准备好锅和青蛙。

我说，来吧。

第二天，孟孟准时来到了我的屋子。她环顾四周，说，你一个人住？

我说，是。

孟孟说，青蛙呢？

我说，买了两只，为了确保实验的准确性。其实你夏天过来，这屋子里你自己都能抓到青蛙。

孟孟说，那你住在这个屋子里，也算是青蛙王子了。

我对这些表演系女生的冷笑话实在不敢恭维，但是我还是礼节性地笑了。

孟孟说，开始煮。

我把青蛙放在了锅里。

还是凉水的时候，青蛙在里面蛙泳。水温开始有些升高，青蛙依然没有变化泳姿。孟孟有些得意，说，你看，没反应，你把火开得再小一点，慢火煮青蛙，万一煮死了，肉质还更鲜美一些。

我把火开到最小，我们看着青蛙在里面徜徉，但是随着温度的升高，青蛙有些不安，变成了自由泳，有些跃跃欲跳，我对孟孟说，孟孟，你看，它马上就要跳出去了，煮得再慢也都是这样，不要以为现实可以改变你，不要被黑夜染黑，你要做你自己，现实其实没有你想象的那么强大，现实不过是只纸老虎……

“砰”的一声巨响。孟孟赶在青蛙往外跳之前，一把用盖子扣住了锅，旋即把火开到最大，青蛙则在里面乱跳，我看得心惊胆战。

孟孟一手用力按住，一边转身直勾勾看着我，说，这才是现实。

于是我们就在一起了，以牺牲两只青蛙的代价。但我在那一刻告诉自己，我只是因为寂寞，我只是喜欢她的漂亮豪爽，我必须要在她扣上锅盖之前跳出去。

我其实不知道她喜欢我什么，我也不知道我喜欢她什么。我深知这样的姑娘就像枪里的一颗子弹，她总要离开枪膛，因为那才是她的价值，不过她总是会射穿你的胸膛而落在别处，也许有个好归宿，也许只是掉落在地上，而你已经无力去将她拾起来。更难过的是，扣动扳机的永远还是你自己。

我记得有一次我采访一个非常成功的商人，他刚从饭局喝了点酒回来，非常坦诚，因为他的三任太太都是明星，我问他，你为什么这么喜欢明星？他说，我当然知道“婊子无情，戏子无义”，但是无情无义对我来说并不重要。没有人是永远有情有义的，看我的事业，它在开始的时候，我是有情有义的，它在壮大的时候，我是无情无义的，现在它成功了，我又变成了一个有情有义的人。你去说什么戏子呢，你不是么，你也是一个戏子，只不过你表演的时候没有摄像机对着你而已。没被抓住的贼也叫贼。你看我的太太们，她们爱我么？她们爱我的。你说她们是戏子，我比你还过分，我还觉得她们是婊子呢，但她们又什么都不是，你问我为什么喜欢演员，因为我喜欢看她们对着我表演，我明明知道一切的，但你知道她们身上总是有一种魅力，正好符合我们这种人的虚荣心，你小子只是地位差得太远，要不然你也一样，一个漂亮的女人，除了你以外还有很多人喜欢，我住的房子多少人想住，我开的车多少人想开，我的游艇，这个就没多少人想玩了，因为他们都还没到这种境界，我的女人，多少人想睡，但都被我一个人占了，我都是爱的。当然，还有，我是一个很热衷慈善事业的人。

我第一次听到有人能这样地剖析自己，我顿时对他充满了敬意。他是行业的传奇，这次果然是耳听为实。回去以后我写稿到了深夜，因为我知道这种地位的人，当他面对一个听众的时候和面对十万个听众的时候，说的话是不一样的，我得趁他酒醒之前把稿子发了。他酒醒得比我想象的快一些，在凌晨四点的时候，我接到他秘书的电话，要求我把稿子发过去让他审一下，报纸是四点三十分下厂印刷，一旦印刷，一切都成既定事实，虽然这段话可能会对他造成非议，但我的内心其实是欣赏这段话的，这段话有情有义。我借口自己还在写，四点四十五分时把稿子发给了他。

他回了一个电话给我，说影响不好，怕竞争对手拿这个来做文章，影响股价。

我说，我认为不会的，况且我认为您是一个非常随兴的人。

他说，我在随兴前都会预估代价的，那是酒话，不能写。

我说，可是都已经下厂了。

他说，那是不是和你说话没有什么大的意义了。

我说，是的，其实您早一点告诉我，我就可以……

他打断我的话，说，嗯，就这样。

我还是有点忐忑不安。我觉得是否太直面人性了，真实总是没有错，但我们的面具只要不狰狞，是不是已经足够。我有些后悔，觉得其实应该缓一下，上隔天的报纸也没有错，毕竟只是一个人物专访，不是新闻事件。但是新闻事件很快就发生了。我接到主编一个电话。

这是我第一次接到主编电话。他说，你搞个鸟，印厂都停了。

我说，为什么？

主编说，上级单位要求我们停止印刷，说是你的那篇稿子出了问题。你不会写完以后和人确认一下么。到点了不能准时出街怎么办，我们要重新做版，有没有替换的稿子？

我说，没有。

主编告诉我，嗯，就这样。

在第二天的早上，我依然看见了我们报纸，我马上翻到了我的那一版，我发现文章已经变成了介绍这位富豪对慈善事业的理解。我顿时失去了安全感，我觉得这样铁板一块的事情居然还能翻案。我给我的女朋友打了一个电话，我说亲爱的，原来板上钉钉的事情也是能改变的。

她说，废话，我们选演员的时候经常这样，不到开机谁都觉得自己会滚蛋。开机了还觉得自己会被改戏，杀青了还觉得自己的戏份会被剪掉，一直到播出了才能踏实。所以我们这个行业都特别没有安全感，你一定要给我安全感。

我实在不知道应该要怎么给人安全感，因为我深知人总是一边在寻求安全感，一边在寻求刺激感。我宁愿是给人带来后者的人，我也总觉得我是一个隐形的那样的人，可不知道为什么，人们看见我总觉得特别踏实。他们难道从来没有想过，我也会消失于这个世界上，我也会骑着一台1000CC以上排量的摩托车，当人们问我去哪里的时候，我忍着恶心，告诉他们，远方。

孟孟和我在一起一共一年半的时间。当时她刚刚入学，来到这个城市，我相信她会爱上任何一个有工作的男人。我知道我身上没有什么利用价值，但我想她是误会了。很奇怪，我不知道那是一种什么样的感情，所以那富豪说的才能触动到我。我从心底里认为我们不能在一起，但就好似去试驾一台自己买不起的汽车，总是没有什么问题。我只是觉得每次带她出去和朋友们吃饭很有面子，走在街上也倍享荣光。我对她没有付出感情，我一直深深地控制着自己，我怎能被一个戏子所伤害。

我换了一个离她们学校稍微近一些的房子，孟孟是一个毫不掩饰自己野心的姑娘。而我，连什么是野心都不知道。我和她在一起的过程里，她总是那么主动。她第一次说爱我的时候，我的心潮真的拍在了沙滩上，但是我没有表露什么。但我发现她经常说“爱”这个词，有一次半夜我们去小店买卫生巾，她喜欢认准一个品牌，但我们走了两家店都没有这个品牌，在走了一公里多以后，我们终于找到了理想中的卫生巾，孟孟捧着卫生巾说，我爱死你了。从此以后，她每次对我说我爱你的时候，我都会想起她对卫生巾说，我爱死你了。那天她还说，喂，你知道么，我现在还没有成名，等我成名了，我们半夜买卫生巾这事就会被狗仔队拍下来。第二天八卦杂志上就有，著名影星我，和一个神秘草根男，你，半夜牵手买卫生巾。到时候你说我应该怎么回应，我先练习练习。

我说，你就说我是你一个好朋友。

孟孟说，那不行，太假了，而且多伤害你。

我说，你就说我是女扮男装。

孟孟说，那更不行，那我变成拉拉了。

我说，你就说，我是你哥哥。

孟孟说，那也不行，你刚才亲我脸了，记者肯定都拍进去了。

我说，你就说，我是……

孟孟突然间生气了，她说，你觉得和我在一起很丢脸么，你就不能让我说我是你男朋友么，哦不，我都被你气糊涂了，我是你女朋友么，你们这些文化人，你觉得和一个艺人在一起很丢人么？

我那时候才知道，原来人都有各自的自卑，在她心里，我居然是一个文化人，而她只是一个戏子。我隐约能够知道她的家庭组成，我问她，你爹是做什么的？

孟孟扭了一下头，语气复杂，说，他是个写书法的，算是个书法家。

我说，哦，你爹是不是不喜欢你学这个，但你是不是又有点恋父？

孟孟说，你别以为你什么都知道，你别分析我，你猜不透我的，我是一个演员，也许和你在一起，我只是在表演呢？你又看不出来。

我说，我看得出来，我看过好几百部电影。

孟孟说，那又怎么样。我就是表演，我表演的内容就是我爱你。

我说，嗯，我也是，我表演的内容是我不爱你。

孟孟说，臭清高。

我生命里经常出现这样的事情，我明明是某个单词，结果却被人脱口而出，你这个反义词。我说，孟孟，这部戏拍摄时间是多长。

孟孟说，两年。

我说，我只有一年半的档期。

孟孟说，你跟我经纪人去联系。

我已经说不清楚我对孟孟的感情，她时常到半夜才满口酒气地回来，但是她说，她的底线就是每天晚上都能回来，而且绝对不允许别人碰她。我说，哦。

我不是相信，也不是不相信。我只是在心中设置了壁垒，我不会去细想这些事情。在第一年的下半学期，就有剧组去找她演戏。她告诉我这个消息的时候，我表现得非常镇定，我说，你那么漂亮，这是迟早的事情。

她说，也没有外面写的什么潜规则，制片、副导演我都见过了，也都定过装了，摄影和美术都觉得很满意。这个片子的班底虽然不是很有名，但是肯定是会播出的，我已经向学校请假了，学校说大一我们是不批的，除非大导演的片子。我坚持要去。后来他们还真让我去了。你知道么，这是一个机会，我要向家里证明自己，他们打开电视机看到我的脸的时候，我就已经证明好了，而且我还要养活自己，弄不好还要养活你，你喜欢什么牌子的车?

我换了一本杂志，继续翻着页。

她说，不过你放心，我不会喜欢上别人的，我不喜欢同行。我看了那些大牌明星的资料，他们都不喜欢同行，我觉得这也是他们成功的一个要点。你虽然是这个行当里的人，但你其实目光不能在这个里面，你说两人都是同行，一年都在到处拍戏，你拍你的吻戏，我拍我的床戏，这什么情况啊。而且说实话，同行我都看不上眼。我不光是要成为一个演员，我要成为一个表演艺术家，你看过我新排的话剧么?哦，你没来，你去采访了。等到我毕业大戏的时候你再来呗，给我送十个花圈。不过这次虽然我演的是女二号，其实戏份还挺多的，而且特别能出彩，你知道女一号那个谁么，她倒是演过不少戏，算是二线，三线?也就三线女演员吧，不知道剧组为什么选她。

我又换了一本杂志，继续翻着页。

她又说，这次我才拿两千块钱一集，但房租一直是你出的，我拍完这个戏回来，房租我们就一人一半，你看，我也没让你给我买过什么衣服啊包啊，我依着男人，但我不能靠着男人，这三个多月，你就照顾好自己，我给你买了三箱泡面，没事那些饭局你也可以多去去，多认识一些人，多一些人脉，说不定以后还可以给我做经纪人。我三个月后回来你可得送我一个礼物啊，你有三个月的时间想。这次我能赚五万块钱回来，但下次，我就是五万一集了，我能赚一百万回来。到时候我一年就接一部戏，你正好可以给我把把关，挑选挑选剧本，我觉得你的眼光应该不错的，哎，我的眼线笔呢？

我放下杂志，帮她收拾着行李。第二天剧组的车接上了她，她去了离这个城市几百公里远的地方拍戏。我则继续着我的发布会赶场生活。我每天给孟孟几条短信，晚上打一个电话，她特别要求我给她打酒店的房间电话，以证明她是独眠。

我在找开瓶器的时候，翻到了她的一本本子，这本本子里记录着我和她之间所有的短信联系。我突然记起她说的一句话，她说她的手机短信容量太小，存了两百条就满了，不知道该怎么处理我的那些短信好。

这本笔记本不大，但已经记满。不得不说，身为一个书法家的女儿，孟孟的字真的很难看。里面我短信的内容大都冷冰冰的，无非就是哦，好，嗯，呀，就是一本拟声词的大集。我从那一刻才做出了决定，我觉得我应该把这个姑娘娶回家。我连忙跑去手机店里，给她买了一个最贵的手机，不仅花光了积蓄，还透支了信用卡。

手机是孟孟的一个女朋友带去的。孟孟说，她发现女一号有一个经纪人、一个助手、一个企宣和一个司机全程跟着她，而她什么都得自己来，很不方便，所以要从北京调一个朋友过去给自己当助手，顺便让她看看拍戏是怎么回事。孟孟收到手机以后很兴奋，爬到山头上给我打了一个电话，我说，你为什么要爬到山头上。

孟孟说，因为我们拍戏的那个地方信号不好，我怕打一半断了，你这么敏感闷骚的人肯定觉得很扫兴，所以我特地爬到了山上，我可是爬了半天。而且我得马上爬下去候场了，不过我现在有助手了，我的助手会叫我的。

我说，孟孟，你这么懂得人情世故，你一定会成功的。

孟孟说，嘿嘿。

我觉得自那个时候开始，我内心开始对这个女人开放。我对她的短信内容开始越来越长，有时候走在路上，还会突然发一句，这里大雨将至。

在一个月以后的一个晚上，我突然接到孟孟的电话，孟孟对着我抽泣不止。我说，怎么了？孟孟说，我实在忍不住了。我其实很早就发现了，这是一个野鸡剧组，但是我怕你笑话我，我就没有说。

我对孟孟说，孟孟，你说。

孟孟说，你等等，我爬山上去。

我说，不要了，大半夜的这鬼地方，你就不要爬山上去了。

孟孟说，那我爬到屋顶上去。

我说，你别爬了，你快说。

孟孟说，你是要写稿了么？

我说，不是，我是想知道到底怎么回事。

孟孟说，这样的，其实这个女一号是这个电视剧投资人的女朋友，导演和现场制片什么用都没有，那个女演员拼命地改我的戏。她觉得我的戏太出彩了，我说那我们换一个角色演，我这个只是一个玩笑话，你知道我其实很想和她搞好关系的，但是第二天导演和副导演就来找我谈话了，说让我不要带着情绪去表演，并说改戏是编剧的意思，让我不要瞎想。你知道么，我和他们签合同的时候，说好了是二十五集，但是我现在知道他们最后要剪辑成三十集，那五集的钱他们都不打算再给，而且说的，先付一半，拍完再付一半，到现在都还没有付，他们说，因为我是新人，要看我最后表演得到底怎么样。难道他们不知道我表演得怎么样么，还有，这里多热啊，而且我们前两天正好拍到一场穿越的戏，要穿古装，女一号拍得特别慢，老是出错，我在旁边候场等得热得不行了，趁他们布光的时候，我和女一号说，我实在热得不行了，而且我还带着妆，再这样下去就花了，我能不能去你的商务车里休息一会儿。剧组就给她配了车。她说，当然，快去吧，咱们是好姐妹这还用问，以后你想用就用，不用来问我。我就上车了，还没坐两分钟，她的经纪人就跑过来，说女一号的很多东西都放在车里的，让我不要乱上来。她肯定知道的，我当时跟那个女的说的时候，她就在旁边不到两米，她肯定能听见的，她就是故意要轰我下来，我都快气死了，但是我一下都没有哭。我真的一下都没有哭。喂，你听着么？

我说，我听着。

我说，我要过来，借着采访的名义曝光了他们，我让他们知道欺负我女人有什么下场。你等着。

孟孟在电话里又哭了起来。孟孟说，虽然我经验不是很丰富，但我觉得这部戏拍得可烂了，就是投资人想捧他女朋友的一部戏，什么都烂，导演一点经验都没有，我们住得可差了，吃得也可差了，前几天连发电车都没有，打光都是用的自然光反射，导演说，天好，正好。后两天发电车来了，我想这光不是不接么。现在剧组可乱了，都欠着钱呢，导演也都没拿到钱，前两天编剧都冲到组里来了，说自己收不到钱就不让拍，一看见我们拍，编剧就非要入画，拉都拉不住，大家又都不敢打他，因为他说他要了个心眼，最后两集在他手里，没有那两集，休想把整个电视剧拍完整。你猜后来怎么着，后来投资人把一半的钱给了他，而且自己编了后面两集。这个投资人也真够穷的，这么一个三十集的电视剧，他就投了五百万，说超支一分都没有。其中一百万还是女演员的片酬，因为他说他女朋友的身价不能掉。一集才十多万，这个怎么拍啊，用手机拍都不够。你快来吧，就说这个剧组欠薪，因为他们欠的人实在太多了，所以也不知道到底是谁爆料的。现在的灯光师都是当地的民工，我们是录同期声的，他们在我演哭戏演得最高潮的时候手机居然响了，从那以后我就再也没有哭出来，导演就一直骂我。我不想演了，我要回来。我要回来照顾你。

我说，你不要回来，我过去帮你报仇。

这可能是我入行以来唯一能写的负面报道，以前我写过一些剧组的负面报道，但是都被公关掉了，这个小剧组应该不具备公关能力。我坐了半天的绿皮火车，停站了十九次，终于来到我女朋友拍戏的地方。我出现在现场的时候，孟孟正在演一场生死离别的戏，她对男主角说，我知道你最后不会和我在一起，但是不要紧。现在我要走了，我再也不会回来，你会想我么，你会想我的，你的眼神已经告诉我了，你闭嘴，你什么都不要说，我听你说的已经听够了，你一开口，我就觉得你要说谎，你还是闭嘴好一些，因为我不会说谎。我不会。你懂么，你这样的白痴，怎么会懂。

说完往前走两步。突然回头，说，冬枣，我爱你，我给你最后一次说话的机会，无论是真的假的，我都相信。

接着往前一步，孟孟用手堵住男主角的嘴，说，冬枣，你还是不要说了，你的每一句话都会割在我心里。

男主角紧紧地抱住孟孟，我身子一哆嗦，增加了我要搞垮这个剧组的决心。

孟孟双手捧着男主角的脸，痴痴地看着他，说，冬枣，你真狠心，你真的一句话都不愿意说么。

作为一个旁观者，我已经被这台词纠结到膀胱发胀，我很佩服我的女人可以镇定地全部背诵下来。导演喊了一声好，但是在此之前，在孟孟说完最后一句台词以后，灯光都已经先撤了。接下来的戏是被女一号撞个正着，这场戏里需要孟孟的肩进行表演，所以孟孟还不能收工，一个戴着眼镜的胖男子在后面举着巨大的提词板给女一号看。灯光就绪以后，导演喊道，现场安静，准备，开机。

女一号先看了看提词板，再看着男主角，说，你在这里干吗？

导演大喊一声，好，过。转场。现场陷入无序混乱。孟孟用眼神看了我一眼，那是匆忙的人群里充满幽怨和爱恋的一眼，我顿时心软了，恨不能冲上前去拥抱她。但是我知道我此行不能暴露和孟孟的关系，否则新闻出来以后势必对她不利。现场的制片热情地招待了我，说欢迎欢迎，导演在上厕所，女一号在换衣服，我先来给你介绍一下我们的女二号，孟小姐。来，孟孟，过来。

孟孟没有表情地走了过来。

我伸出手，说，你好。

孟孟伸出手，上下打量着我，充满狐疑地说，你好。然后转头向现场制片，现场制片连忙解释道，哦，这位是记者，路先生。他在我们剧组两天，要写一个报道，为我们宣传宣传，你要配合。

孟孟又伸出手，露出笑意，说，哦，你好，叫我孟孟。

我恍然如梦，她真是一个好演员。

一直到了晚上，他们收工，我偷偷溜进孟孟的房间。和孟孟同住的是她的助手，那个女朋友，当时正好跟摄影师谈恋爱，住到了别人的房间，正好我们不用为此发愁。关上门的那一刻，孟孟恢复到了以往的模样，勾住了我的脖子，把我摁倒在床上，说，我配合得好不好，亲爱的。

我说，很好。你的戏很好，就是台词有点纠结。

孟孟说，这已经算好的，你是没看这个故事，最后我居然得白血病要死。我能得一点新鲜的病么?

我说，那为什么你要接这个戏?

孟孟说，因为我不想放弃任何的机会嘛。万一歪打正着了呢。

我说，你累不累?

孟孟说，累，我们赶进度，明天早上五点就要起来化妆，要拍一场在夕阳里牵手漫步告别的戏。

我说，可那是早上啊。

孟孟说，嗯，是啊，但是导演说了，由于不可控制的因素太多，很怕赶不上夕阳，但是如果放在第一场戏，朝阳还是能赶上的。所以我们就拍朝阳。

我说，可是那太阳是升上去的。

孟孟说，哦，所以我和男主角牵着手面朝朝阳倒着走，后期倒放一下就对了。

我惊为天人。

但是那个夜晚下雨了，我想早上将不会再有朝阳。雨水落在这个破旅店的顶棚上，在无光的黑夜里，我就像回到了小时候家里的床上，孟孟一动不动睡在我的怀里。我想，等她拍完这部戏，我就可以带她去我童年的地方看一看，告诉她，我曾经是在这里打弹子，我曾经是在那里穿圣衣，这是10号的家，这是临时工哥哥的家，这是丁丁哥哥的坟墓，这是以前紫龙的家，这是我的小学，这是我爬过的旗杆，这是我登上过的舞台。我也已经有很多年没有回去了。我其实不是为工作所忙碌，只是所有儿时的朋友们都离开了故乡，我想，我们这辈子是难以再聚起来了。为何我们都要离开故土。但我能感慨什么呢，因为我也离开了。我只回去过一次，陪着几个老人打了一个下午的麻将。但无论如何，我要带着我女朋友去看一看，我的生命里能讲的故事不多，如果对着场景一一说来，是不是更好听。

我醒来的时候，孟孟已经离开了，我打了她的电话，她说她早就已经拍到第三场了，看我睡得太死就没叫醒我，让我一会儿去那里随便瞎逛逛，她给我引荐几个被拖欠工钱最严重的工作人员。我说，好，然后又抱着她睡的枕头睡了过去。雨水始终没有停过，我都不知道我身在一个什么地方，我也懒得再看窗外，我早就想通了，人们埋怨一成不变，但也埋怨居无定所，人们其实都无所谓，只是要给日子找点岔子而已，似乎只有违背现在的生活，才真正懂得了生活，生活就是一个婊子、一个戏子、一个你能想到的一切，你所有的比喻就往里面扔吧，你总是对的。因为生活太强大了，最强者总是懒得跟你反驳，甚至任你修饰，然后悄悄地把锅盖盖住。现在我从来不去想这些中学生们热衷的问题，我只是在想念孟孟，我想我快藏不住了，我就是一个玩捉迷藏的时候喜欢躲在床底的那个人，而孟孟其实是一个喜欢把床底留到最后看的人。

两天以后，我回到了城市里，写下了控诉这个剧组的一篇专题报道，这篇报道给了我一个版面，主编室甚至还拨出了其他的记者力量帮助我丰富这个专题，主编说，这个选题很好，又有揭露，又不得罪不该得罪的人，又有关怀，对现在的孩子又有教育意义。很好。你要跟进这个剧组，看看他们欠的工资到底发了没有，他们混乱的拍摄状况有没有改善，他们最后片子有没有电视台来买，这两天你只要做这个就行了。

孟孟打电话告诉我，说，你真厉害，我们的工资都发了一半了，还有别的记者来我们这里采访，我光今天就接受了五六个采访。

我说，可是我发的是负面新闻。

孟孟说，就我们这个野鸡剧组，能有负面新闻都已经很不错了。

我说，可是我的目的是要……

孟孟说，你等等啊，我去接一个采访。

这和我想的完全不一样，我本以为他们会承受着巨大的压力，并且就地解散，但是我想得太简单了，只有要脸的人才能感受到压力，类似的剧组对这样的新闻没有任何的压力。我翻看了几张报纸，还有一张报纸采访到了这部片子的投资人，投资人说，他也正在筹款，自己完全是出于对理想的追求才拍摄这部片子，但是过程中出了一些问题，纵然这样，整个剧组都没有停工，让他很感动。因为在传媒业见多了丧事喜办的案例，我心中倒是没有什么大的震动，只是想，说不定这也是一件好事，只是我以自己的力量帮助到了我的女人，我的力量仅限于此，她这样的一个女人，在前行的路上，总是需要不停地搭车，有些车送她去目的地，有些车还绕点弯路，有些车会出点事故，而我只是那个和她一样在走路的人，我走得还比她慢，只是她在超越我和我并肩的时候我推了她一把，仅此，这是所有我能做的，而后，她离开了我的臂长范围，我只能给她喊几句话，再远，她就听不到我说什么了。我不想走得快一些，因为那是我的节奏，在那个节奏里我已经应接不暇。

孟孟依然热络地和我通着电话，我愿意说得更多一些，我以前听得够多。我也见过不少的艺人，她们的共通点就是她们的世界里只有她们自己，她们似乎对他人都不感兴趣，她们时常把自己看得比天重，时常把自己想得比云轻，她们时而自信，时而自卑，也许是因为她们的职业本能告诉她们，纵然这个世界天翻地覆，你也要站在舞台上把自己那出戏演好。孟孟已经很会关心人，她时常问我，饿不饿、热不热、闷不闷、冷不冷。在我们恋爱的晚期，我开始对她说很多话，并不是情深说话总不够，并不是我有那么多的倾诉欲望，我只是想把一个尽量完整的自己告诉她。我开始对她说我的往事，我对这个世界的看法，她依然对我说她的琐事，她对这个剧组的看法，我们就这样前言不搭后语说了一周，有时候我顾不上她说什么，我要把我自己的话都说完，因为我太敏感了，自从丁丁哥哥离开以后，我对一个人的即将离开有着强烈的预感，虽然多说话从不能挽留人。

两周以后，在孟孟回来三天前，有一个中年男子找到我，当他见到我的时候，他握住我的手，说，谢谢你，你帮了我们大忙。你指出了我们的错误。

我说，你是哪位?

他说，我是《大将柔情穿越古今》剧组的总制片。

我回忆了半晌。《大将柔情穿越古今》是孟孟接的那部戏，由于孟孟觉得这个名字很傻，所以总是刻意不提起，导致我自己都忘记了。可能是我从小阅读习惯的原因，我其实还是看不起这些电视剧剧组的，鄙视是上天赋予每一个平凡人的权利。但是他们能够自豪地说出自己的片名说明了他们也是真心混着这个行业。我说，你找我什么事情?

他说，我这次来，主要是两个事情，一个事情是要感谢你，你上次写我们的这个稿子，让我们受到了普遍的关注。现在已经有电视台来联系我们要买片子了。我们后期的制作质量也会相应地提高，因为还追加了投资。这些都要感谢你。所以我们特地准备一点礼金，另外有一个事情是，毕竟你是第一个报道这件事的人，现在我们拍摄到了尾声，我们计划开始第二波的宣传。

我说，我不是来给你们做宣传的，我是来揭露真相的。

他说，对，好，宣传就是这样的，你一心要做宣传，反而没有人关注，大家看的软文太多了，如果你抱着新闻的观点来做宣传，这个宣传就能做得出乎意料。

我说，但你们这个剧组没有什么新闻价值。

他说，有。我们有能吸引眼球的新闻。

说着，他从兜里掏出一支钢笔。对我说，昨天晚上新鲜出炉的，我只告诉你，你可是有独家新闻了，我们可是互相帮助啊。

我说，你要纸么？

他说，你看看，你这个记者同志，这不是钢笔，我拧开它，你看。

他拧开了钢笔，赫然露出一个USB接口。他打开自己的笔记本电脑，连接就绪后，对我说，给你看看，什么叫新闻，但是我只能给你截图，你这里新闻先发了以后，我还要给各个网站视频。我已经帮你想好了新闻标题，《大将柔情穿越古今》剧组又曝丑闻，制片人潜规则女二号。我可是把自己都搭进去了。

我快进着看完了视频，问他，作为新闻，这个还需要详细一点的细节，你怎么跟人家忽悠的。

他用鼠标把视频往回拖了拖，我关掉了音频。他说，哈哈哈，这个就是八卦了，你就不用写出来，我就告诉这个女孩子，虽然这个电视剧剧组一般，但我作为一个制片人，还是一个比较有路子的制片人，你参加这样的电视剧是演不出来的，但是我回去以后就要开始做一部电影，你知道娄烨吧，《苏州河》，《颐和园》，这是他南北中三部曲里的第三部，《颐和园》讲的是北京，是北，《苏州河》讲的是上海，是中，还有拍南方的，在海南，片名叫《鹿回头》。《鹿回头》是一部冲击戛纳电影节的文艺片。拍完国内都不公映，直接送电影节，得奖以后再公映。我决定力保你演这个角色。然后我就上了她。

我说，好上么？

他说，调教得不错，你自己看就知道了。

我转过头，背对着身问他，那你怎么向人家女孩子交代呢，又没有这个片子。

他说，我就说上级部门不让拍这个电影，这就成了，反正政府也不差多背一个黑锅。这种女孩子，不用解释那么多的，自己明白着呢，吃亏了也不会吭声的。就是我当时差点自己笑出声来，《鹿回头》，哈哈哈，我真是临时想出来的。

我说，你们干制片的，天生就这么跟人自来熟么？

他说，那是。

我问他，这个影像就一份么？

他说，U盘里一份，我电脑里还留了一份，一共两份。

也许当孟孟成为了一个大明星，她会感激我所做的一切。我一句话都没有说，直接从孟孟的世界里消失了。其实孟孟回到这个城市的第十二天，我才获得了自由。我选择了不和任何人打招呼离开了这里，我没有什么可以带走的，若能，我还愿将这些记忆都留在这里。我并不是不再关心她。我以前看好她，总觉得她可以红，那是因为我陷在自己对自己下意识的信任里。按照劣质电视剧的情节发展，孟孟应该红透大江南北。可当你有美好憧憬的时候，生活就变成了一部文艺片。在多年以后，我又一次看见她。我们平静地吃了一顿饭，她已经彻底被这个城市俘获，但却从来没有正经接过一个戏，她的青春已近尾声，她的理想也无可能，但我想，更让她痛苦的是，她有两个同学红了。我也早释怀了。我们只是在此一时里痛苦翻腾着，然后在彼一时里忘得干干净净。我决定把我所知道的都告诉孟孟。我为什么不告而别，我想告诉她。我已经原谅你了。我在想，当她扑到我怀里痛哭流涕的时候，我应该怎么安慰她，但至少我们依然不用担心有记者会拍照。

我平静地叙述完了一切。

孟孟瞪大眼睛，看着我，说，你知道么，如果当时这段视频能发出去，也许我早就红了。

我看着她笑了。

我和她的感情里，其实从来没有出现过什么第三者。现实是最大的第三者。这还无关乎柴米油盐，仅仅和自己卑微的理想有关。我究竟喜欢她么，我至今都不知道。当我要对她敞开自己的时候，她把我胸前的纽扣系紧，轻轻说道，Never do this。这是她很喜欢说的一句英语，不知道她是从哪一部电影里学来的。

我送她回去的路上，经历了一场夜半的堵车，那应该是一场惨烈的事故，一公里外一台汽车在夜色里燃烧着，把夜色映衬得更加惨淡，火光边缘的光晕映在她的脸上，她说，我其实已经改行了。

我说，行了，不用往下说了。

她充满渴望地凝望着远方的黑烟和火光，她说，我恨不能扑进去。

11

娜娜摇了摇我的肩膀，说，我要吐。

我说，娜娜，你等一下，我稍微停稳了你再吐。

娜娜说，我其实不是那么容易吐的，但是因为堵车了，老是一停一走，一停一走，我就吐了。你知道么，我以前有一个姐妹，一个不算特别好的姐妹，我也就和她见过几次，但是我们双飞过一次，她的身材还不错。她和我一样怀孕了，但是她的反应特别大。

我说，后来呢。

娜娜一耸肩，鄙夷道，那当然是做掉了。我劝了她好久，她说，你别劝了，我脑子里就从来没有动过留下来的念头。也是，稀松平常的事情。但我就不能做这样的事情。这是我做人的原则。那就是不杀人。说起杀人，好恐怖的，我在武汉工作的时候，我们有一个和客人出去的小姐被杀了，还好，我和这个人也不熟悉。你有没有这种经历?

我说，是杀人的经历还是被杀的经历?

娜娜说，哎呀你这个白痴，是有没有朋友突然间就死掉的经历?你看，我对你说了那么多的事情，你就一直在听啊，想啊，你也不和我说你的事情，你到底是干吗的?你有没有什么可以听一听的故事？

我说，不讲，怕可以讲到目的地。

娜娜说，那算了，我怕到了目的地你还没讲完，反正到了我就走了。

我说，你能走去哪里？

娜娜说，我不知道，反正我不能再做那一行了，会伤到宝宝的。但是也没有人可以让我工作，谁那么傻啊，给我发两个月工资就放产假了。可是我的积蓄又被罚了，所以我到了那里，打几个电话问一下，我想我会去投靠孙老板。我以前听说过，孙老板就关押在你要去的那个地方的监狱，出来以后就在那里做生意。

我说，你怎么找到他？

娜娜一笑，道，我有他电话。

我说，你先联系一下，万一他电话号码换了呢？

娜娜说，我不，我要到了那里再联系。

我问道，为什么？

娜娜说，因为换，或者没换，这个事情其实是已经存在的，我早知道，晚知道，反正都一样，改变不了什么结果。我们一路上还有好几百公里，万一打不通，我难过好几百公里。我不。

我说，你真是自欺欺人特别有一套。

娜娜说，那是，要不然我怎么保持乐观。

车流渐渐开动，想来前面事故已经处理完毕。娜娜一下子活跃起来。往前蹭了大约十分钟，事故现场展现在我们的眼前。由于事发地是一个微微的上坡，所以好多淡红色的液体往下流。我说，肯定是事故现场在冲洗。

娜娜说，这么多血。

我说，要不然怎么会堵那么久。

娜娜说，那可能是死人了。

我叹了一口气。

过了两台遮挡在我眼前的公共汽车和卡车以后，眼前一台大卡车侧翻在路上，满地都是西瓜的残骸，阳光洒在一片红色的瓜瓤上，周围的色温也骤然提高，我见娜娜展露了笑容，她说，虚惊一场。

我说，娜娜，你知道么，“虚惊一场”这四个字是人世间最好的成语，比起什么兴高采烈、五彩缤纷、一帆风顺都要美好百倍。你可懂什么叫失去。

娜娜说，我没有什么可失去的。我就在意肚子里的孩子。这是我全部的东西。

我说，他是你和他爹的共同财产，你二十三条染色体，他二十三条染色体。

娜娜问我，什么是染色体？

因为自身理论基础不扎实，我无法回答她这个问题，我只得告诉她，这个孩子的基因，你占一半，他爹占一半。

娜娜带着真心的失望说，啊，我只占一半哪。

我说，是啊，你还想占多少？

我认为，怎么都应该我占得多吧。因为是在我肚子里，不应该是二十三对二十三，应该是……二十三加二十三等于四十六，我觉得最少我应该有二十六，孩子的父亲是二十。

我说，娜娜，这个不是公司的股份，我知道你想控股，但是这个真的是没有办法商量的。

娜娜抚了几下肚子，说，哦。

前路顺畅平坦，我问娜娜，娜娜，你的理想是什么？

娜娜说，我说过了，我的理想就是桑拿里上班，安全，赚得多。但是我一直在洗头店里，我也不知道为什么。就算后来到了酒店里，就是碰到你的那种酒店，也只是在美容美发部，不是在桑拿部。不光抽水少，起价低，而且还不安全，成天提心吊胆，一旦门外有什么动静，都紧张得不得了。我其实去过桑拿工作，这个桑拿还不错，可是我就去了一天，我就给送回来了。

我笑道，什么桑拿，这么罩不住。

娜娜说，名字我都忘记了，反正桑拿就这些个名字，什么皇宫啊，什么泉啊，是在重庆. 气死我了。不过重庆我倒是挺喜欢，弯弯曲曲，上山下山，我一直迷路。我就喜欢让我迷路的地方。

我说，为什么，你不是没有安全感么？

娜娜说，嘿嘿，反正再迷路也出不了重庆，我做来做去做这个，套路也就是那么几个，走个路你还不能让我走出点新鲜感来啊。

我说，重庆我也去过，但是我就不迷路。

我想起我在重庆的生活。离开了孟孟以后，我直接去了重庆。因为我要在一个城市重新开始。到了重庆，我又找了一家报社工作。那个时候四川的报业还算不错，我觉得手脚也能更加自由一点。我去那里的第一个新闻报道就是去暗访了一家洗浴中心，因为这些事情，又安全，又无后果，又出新闻，还能获得无知百姓的交口称赞。

我在我住的地方溜达了好几圈，锁定了一家桑拿，桑拿的名字叫海上皇宫。我年轻气盛，在漂泊的旅途中一旦想在一个地方歇歇脚，还是希望能和这些歇脚的地方有尽量少的隔阂。和一座城市交往与和女人交往是一样的，和女人必须做几次爱才能真正地去掉隔阂，在一个城市里也必须找几家桑拿，这对一个男人来说是了解一个城市最快速最贴切的方法。反正据我所知，我身边所有的男人都是这么干的。当然，这些都是在有女朋友之前。当你爱上一个人，你就会戒了这些，对着一个人专心致志，埋头苦干。海上皇宫让我了解了重庆，但是我过河拆桥了。

在我最后一次去了海上皇宫以后，我写了一篇稿子，凭借着自己的记忆，以记者暗访的名义写到了这家桑拿的特殊服务，当然，和所有类似的无耻稿件一样，我的结尾是：最后，记者以身体不适为理由，离开了这家桑拿洗浴中心。

在我离开这个行业以后，我还经常看到这样的新闻，先是记者觉得累，需要按摩，然后是记者到了一家洗浴中心里。我想不会有这么没有生活常识的记者。等到了洗浴中心以后，必然是被服务生引到了一个包间，在这个包间里，女技师先是假模假式地给记者按摩了三分钟，然后要么手滑向记者的私处，要么按摩师问记者，需要不需要特殊服务。然后每个记者必然很懵地问，都有些什么啊？每个技师必然很实诚地告诉记者，什么都有。然后记者就要了一个什么都有。在技师把衣服全部脱完以后，记者必然会身体不适或者朋友出事，然后离开了洗浴中心，回家就写了这么一个稿子。

就像事后，我谴责了自己很多年一样，每次看见这样的新闻稿，我都心情难以平静。我觉得这是错的，但正如人憋的时间长了就要去桑拿一样，记者也会憋，我深知什么都不能披露的痛苦，所以最后憋出了问题，披露了最能解决人民群众这个问题的场所。这是一场眼角和眉梢的误会，我不怨愤他们，我只是自责我自己。

尤其是看着身边的娜娜的时候，我深知不是每一个小姐都像娜娜一样唱不口水的歌，说不掉渣的话，我也深知婊子的无情，正如戏子的无义。但这对婊子和戏子都不公平，我们的一生很难对婊子动情，很难对戏子动心，纵然我对婊子动情，婊子也很少赠我真情，纵然我对戏子动心，戏子也未必还我真心。人生中各有一次或几次，已经是活出重口味，在这样个别的事情中，受伤害的概率当然很大，正如被女教师伤害，被女白领伤害，被女学生伤害，都是一样的，婊子和戏子无非带着更浓的粉底而来，让我无从知道她们的真面目，而揣测一个人的喜怒哀乐总是容易出错。这两个名词从来不是对妓女和演员这两种职业的称呼，而是对女孩子两种生活状态的描述。骄阳烈日，秋风夏雨，娜娜坐在我的身边，她是个什么，我并不关心，她就和我副座的安全带一样，是一场旅途的标准配置。既然给了汽车一个副座，那就让它坐上人，只需要一个不讨厌的人。至少娜娜从未开口让我不好受。

娜娜突然在座椅上来精神了，支起了身子，转过来对我说，哦，我想起来了，我只工作过一天的那个桑拿叫海上皇宫。有个报纸把我们曝光了，我们就停业整顿了，我就又回到了宜春。

我们停车吃了一碗面，我给娜娜加了两块大排、一块素鸡、两个荷包蛋、榨菜肉丝还有雪菜，面馆的老板说，朋友，这是我开店以后第一次看见有人加那么隆重的浇头，你对你的女朋友真好。

娜娜说，大家都在看我，我都不好意思了。我这碗面太豪放了。

我说，没事，娜娜，多吃一点，浪费一些也没有关系。

娜娜说，不好，好浮夸的。

我说，娜娜，从现在起，咱们聊天的时候，你就别提你的工作了，就像一个普通女孩子一样说话，行么？

娜娜说，我忍不住，男的和我聊天都是聊这些内容，关心我一点的就问我，你今天上了几个钟，直接一点的就问我，你今天接了几个客，我觉得很自在，没有什么不习惯的。我没有什么固定的异性朋友，我也不喜欢交男朋友，我的姐妹们经常交到各种各样的男朋友，她们常去玩，但是我不喜欢玩，我虽然都去过，但只是去开开眼界，我去了一次以后一般都不去了。我是不想干这个，但是我是真的什么都不会。你让我去做服务员，端端碟子，我也行，一个月八百，做几个月以后变成领班，一千五，我不是不够花，而且还安全，也能积蓄起来一些钱，但是你不知道，我已经干这个了，我洗不白自己的，你让我去美国都一样，我干过的事情，就是干过了，我就算在端碟子，我也觉得自己是个小姐，那我何必呢？还折磨自己，我试过干别的行业，不行的，我就算找老公，他也一定要知道我干过这个，但我又一般不会喜欢上嫖客，只有孙老板了。孙老板其实挺有品位的，我本来只是爱他，你知道爱这个东西，很轻松的，女人随随便便就爱死谁了。

我打断她的话，说，嗯，我能理解。

娜娜接着说，孙老板，我本来就是喜欢他，你说爱他也一样，其实喜欢和爱能有什么区别啊，但是有一次孙老板跟我们一起过年，在一个KTV里，他一开口就唱了一首窦唯的歌，我本来以为他要唱《纤夫的爱》，可他唱了一个摇滚的歌啊，我当时就决定，我可以做他的人，不管是什么名分，都可以。你懂么，这才是真正的爱，做另外一个人的人。

我说，快吃，娜娜，你的面要胀开来了，你的面一胀开来，你的浇头就要掉桌子上了。

娜娜笨拙地搅拌着面，说，真的太多了，来，你帮我夹掉一点。

我问她，娜娜，其实把自己洗干净很容易的，每次我觉得自己干了让自己不满意的事，我就彻底换一个地方，那就没有人认识你了，你能清零再来一次。

娜娜说，你还清零呢，反正我清零不了。不过我如果生了一个女儿，她就是清零的，我可不能让她干上这个。这个我跟你说过吧？

我说，嗯，你强调过。你说要送她到朝鲜去留学。

娜娜最终没有吃完那碗面。我们拐上加油站加满油，娜娜去加油站上了一次厕所，她说，孕妇是不能憋的，你每看见一个厕所就要让我进去。

我说，你不会再跑了吧？

娜娜说，不会。你会不会跑了？

我说，不会。

娜娜说，没事，你跑吧，我无所谓的。我在哪里都能活。

我说，带你找到孙老板。

娜娜说，嗯。不过你放心，我不会拖累你的，你是我说过最多话的客人，我对你讲得最多。

我说，我不是你的客人。

娜娜一惊，道，难道你想当我的主人。

我说，那更不是。朋友。

娜娜一笑说，上过床的朋友？

我说，你是不早说，早说你有了，我怎么可能上你？

娜娜说，我也后悔，我早说有了，你就不要我了，我就回去了，看着是损失了几百块钱，但其实是节省了两万块。都怨我没和你说清楚。

我说，娜娜，其实你当时一进门就说清楚，我也会记得你一辈子的，你肯定是世界上第一个上门先说自己已经怀孕的小姐。

娜娜笑笑，说，你看，摄像头照着我们。

我抬头一看，有一个硕大的摄像头，正对着加油站便利店，尽头便是厕所。我下意识地躲避了一下。

娜娜说，来，我们拍个合影。

我们站在便利店的摄像头前，各自微笑，留下五秒的视频。

我问娜娜，这算是什么。

娜娜说，这算是安全感中的一个分支，叫存在感。我书里看的。

我说，你还真读过一些书。

娜娜说，那是，我闲下来还是会读点杂志的。不过我都是读一些女性杂志、情感杂志、心理杂志、时尚杂志，最多就这样了，太深的那些，和新闻什么社会啊政治啊有关的那些我都不喜欢读。

我说，是，要不然你也不会把你儿女送朝鲜去了。

我们买上了水和一些饼干火腿肠，开着1988上路了。冷冽的夕阳正要落下去。我说，娜娜，你要困就睡，你要不困，就讲一个你的故事。

娜娜说，我讲了好多故事，但你从来没讲过，你一直在想。我们得交换，你讲一个故事，我也讲一个故事。你先讲。

我说，好，我先讲，我给你讲讲我的故事。在好久之前，我有一个女朋友，她叫刘茵茵，刘茵茵是我第一个初恋的女朋友，我到现在还挺喜欢她。我和刘茵茵在小学的时候就认识，我在小学的时候刚刚情窦初开，就喜欢上一个穿蓝色裙子的女孩子，经过了多方考察，我检查了几年眼保健操，把这个学校都查了一个遍，我终于确定了那个我晃到过一眼的女孩子就是刘茵茵，刘茵茵唱歌特别好，家境也好，当时大家傻了吧唧喜欢模仿，她和其他三个女孩子组成了《我和春天有个约会》那四个什么，我没看过这个电视剧。

娜娜打断我说，我也组成过，我也组成过，当时我也小，我们几个唱歌好的就模仿那四个姐妹，不光这样，我们还给自己起了自己的艺名，我到今天还记得，因为号称姐妹么，所以都姓柳，我叫柳萱冰，还有三个叫柳子若、柳月瑶、柳雪滢。这种幼稚的事大家都干过。然后呢，你说你的。

我继续说道，但我小学的时候没有去追刘茵茵，一直到高中，我才开始追她。她还给我取过一个外号，就是因为一次检查眼保健操。她叫我“反革命”，从此以后，一直到高中，我都叫“反革命”。但这个问题倒是不大，就是我憋到了高中才开始追她，你知道我小学就喜欢她了。

娜娜问，为什么？为什么下手这么慢？

我无奈道，女孩子发育得早，当时我才一米四，她高我大半个头，我花了五年多时间，终于比她高了，然后我就开始追她。我不知道这算是追到了呢还是没有追到。反正我是真的挺喜欢她，第一次谈恋爱总是这样，不光想把自己掏空，还想挖地三尺。后来到大学，我去了外地，她是女孩子，家人要求她留在本地的学校，她说，没办法，她爸妈太漂泊了，所以现在恨不得让自己的孩子就镶在墙壁上那样生活。你理解吧娜娜，就是安定。后来我就走了，刘茵茵还在那里，但我下手得太晚了。刘茵茵和我不一样，我是第一次，所以我傻，她以前还和外校生谈过一次恋爱，但后来人家甩了她，所以她就有防备，她说不能让我太容易地得到她。这句话大致说明了她上一段恋爱的情况。当然我很难受，但因为我自己都还没得手，所以我也不是很纠结。她就让我牵了手，还是这样牵，不能那样牵，来娜娜，我给你示范一下——

娜娜伸出了手，我将我的手指错开嵌在她的手指间，握着她，我说，这样牵手，是不行的。

娜娜不解地问我，为什么？

我说，不知道。

娜娜说，可能和我们一样，有些人自己总是有一些很奇怪的讲究吧。

我说，她觉得这样牵手互相嵌着感觉太紧密了。

娜娜说，哦，可能她觉得你的手指干了她的手指。

我说，也不知道。反正我还挺小心翼翼的，我是特别喜欢她，一点保留也没有，掏心掏肺的。

娜娜说，哦，那小弟弟有没有掏出来？

我说，没有到那个地步。

娜娜轻蔑地笑着说，哦，呵呵，呵呵。

我说，但我不知道，那个时候我还不了解女孩子，我以为这是矜持。

娜娜说，嗯，然后呢，你这个去的时机不对的倒霉蛋。

我说，我要去外地念书了，我特别痛苦，我还想过要不我就别念书了，就在我在的那个地方做做生意出来混混日子，至少还能继续谈下去。

娜娜说，嗯，一般初恋的白痴都这么想。

我说，你不了解我的感受，你不知道我找这个女孩子找了多久，在我心里，她已经不光光是一个女孩子了。

娜娜说，那是什么？

我说，那是一个符号。

娜娜说，很严重。

我说，嗯，很严重。

娜娜问我，后来呢？

我说，后来，我还是去了外地，一下子连“反革命”的外号都没有了，当然我其实还是挺喜欢那个外号的，因为那个外号是刘茵茵给我起的。刘茵茵说什么，我就是什么，当时我都不知道自己的性格是什么样的，一和她单独在一起，我就晕菜了。刘茵茵说，你知道么，你就像我的弟弟，可是我需要一个哥哥。

娜娜冷冷笑道，呵呵。

我说，从她的那句话起，我谈恋爱的时候就一直在演戏，但我发现每次和我配戏的人都不对，我演哥哥的时候，对方说，你知道么，你太成熟了，我喜欢像我弟弟那样的，在一起轻松。然后遇上下一个，我就演弟弟，结果一演，演过了，演成了儿子，她又说，你知道么，你就像我儿子，你别装可爱，快把你的舌头收回去，我没有安全感，我需要人照顾，我要一个像我爸爸那样的。然后遇上下一个，我就演爸爸，结果人家说，你知道么，我不喜欢中年男人那种性格的人，但我也不喜欢幼稚的，我要像我哥哥那样的。我就崩溃了，你说这些人，一会儿要我装哥哥，一会儿要我装弟弟，一会儿要我装老爹，而我其实就一直在装孙子，她们这么喜欢爸爸哥哥弟弟，近亲结婚得了。

娜娜说，这个你也有问题，你不能都这么想。你可以做你自己。

终于轮到我冷笑了，我说，做自己，多土的词。想生存下去，谁不都得察言观色，然后表演一番。

娜娜说，那你就是一个失败的演员。你都不了解要和你演对手戏那人什么样，这方面我经验很丰富，等以后我慢慢地一个一个教你，可管用了，保证你不会装错角色。

我说，后来，我就不装了，但我也不知道我自己到底是什么样的，我就开始有防备，从我和孟孟在一起开始。老子再也不率先掏心挖肺了，每次都发现自己早醉了，人家瓶都还没打开呢。

娜娜哈哈大笑，尔后问我，萌萌是谁？

我回答道，不是萌萌，是孟孟。

娜娜说，孟孟长什么样？

我说，一会儿给你看照片，我有照片。

娜娜又问我，那你最后和刘茵茵怎么样了？

我说，我们没有能够在一起啊，我们最后一次在压马路，我就要走了，她说，我们约定，这条道路的尽头，十年以后的今天，我们就在那里碰头。我对她说，这个路好远哟，这是国道，到头估计快到东南西北某一边的国境线了。刘茵茵说，你肯定到时候忘记了。我说，放心，我记得清清楚楚。

娜娜愣愣地看着我，我本以为女孩子都会为这样的故事而感动。娜娜对我说，你们俩，太傻了。

我稍一迟疑，才想起娜娜是见过那么多世面的人，她阅人就像阅兵一样，自然觉得这样的事情不可能。在刚才的那些时间里，我都忘记了这些，宛如对着一个新认识的旧朋友一样将故事道来。我真的是那样地喜欢刘茵茵，当我的生命里只能讲一个故事的时候，我愿将这个故事说出来，这个故事平淡无奇，平铺直叙，既没有曲折，也没有高潮，也就是寻找、相识、分开，就如同走在路上看见一盏红绿灯一样稀松平常，但若驻足，你会发现，它永远闪着黄灯。我就一直看着这盏信号灯，在灯下等了很久，始终不知道黄灯结束以后将要亮起的是红色还是绿色，一直等成了一个红绿色盲。

在这过程里，我自然和很多姑娘谈过恋爱，和各种良家不良家上过床，但这段感情就好似一种模式，当我重回到那种模式里，无论我正扮演着一个什么样的角色，成功失败，自信自卑，都荡然无存。刘茵茵告诉我，我们可以一直通信，一直打电话，你也可以经常来看我。

我说，不了。

刘茵茵问我，为什么？

我说，就像一个人快死了，你就要把他冰封起来，等未来的科技也许足以拯救这个人了，你再解冻他，死了就是死了，活过来就活得很好。你今天输液，明天打针，还是会死掉的。

刘茵茵说，我不是很明白，别人两地恋不都是这样的么？

我不知道是否有一种很奇怪的感情，它深到你想去结束它，或者冰封它。只因它出现在错误的时间里，于是你要去等待一个正确时间重启它，而不是让错误的时间去消耗它。少则一天，多则一生。我和刘茵茵说，茵茵，我会来找你的，实在不行，就像你说的那样，无论如何，十年以后，咱们在这条路的尽头见。在此期间，你就不要再找我了，除非天大的事情。

刘茵茵问我，什么事情是天大的事情。

说实话，我也不知道什么是天大的事情，我记得我们刚刚开始交往的时候，刘茵茵问我，你们同学都在踢球，你怎么没去？我说，见你是比天大的事情。我想，天大地大，莫过于此。

但刘茵茵也许用地球的五点一亿平方公里来计算了。于是她真的再没找过我。

这只是故事的一半。

还有一半我未打算告诉娜娜。

12

当我离开了家乡以后，我时常在看到各种奇怪的灌木的时候想，这若要是刘茵茵在我一旁，我应该如何向刘茵茵介绍这株树木。对于当时从来没有弄明白自己有什么追求的我来说，姑娘就是唯一的追求。这种追求是多么的煎熬，这让我懂得了人生必须确定一个目标的重要性，无论车子、房子、游艇、飞机，都比把一切押在姑娘身上要好很多，因为这些目标从来不会在几个客户之中做出选择，只要你达到了购买标准，你就可以完全地得到它们，并且在产权上写上自己的名字，如果有人来和你抢，你可以大方地将他们送进监狱。但是姑娘不一样，把一个姑娘当成人生的追求，就好比你的私处永远被人捏在手里一样，无论这个姑娘的手劲多小，她总能捏得你求死不能，当她放开一些，你也不敢乱动，当你乱动一下，她就会捏得更紧一些，最残忍的是，当她想去投向其他的怀抱的时候，总是先捏爆你的私处再说。这种比紧箍咒更残忍的紧什么咒，使你永远无法气定神闲。我知道生命里的各种疼痛，我发现这种疼是最接近心疼的一种疼痛，让你胸闷、无语、蜷缩、哭泣。这便是不平等爱情，当你把手轻抚在她们的私处上，总想让她们更快乐一些的时候，她们却让你这样地痛苦。我常常看见那些为爱情痛苦的同学们，但我无法告诉他们，人生、爱情是什么，我也正沉沦在里面，自闭和防备从来不是解决问题的答案。

不过夏天我依然回到了我的家乡。在此期间，10号是唯一一个和我有通信的人。我其实从未将霸气的10号当成自己的朋友，但是很奇怪，我总觉得10号是我身体里没有被激发的一部分。几乎所有的人都离开了家乡，除了10号。也许这片土地是10号所有安全感的来源。毫无悬念，10号成为了这个镇上的王者，势力渐大，但是他很聪明，并不鲁莽，他从来没有给他的帮派取什么名字，当有小弟提出要给他们的社团叫一个名字的时候，10号告诉他，你这个白痴，你要我死么，我们就是一帮志同道合的朋友，你懂么。等到我第二个夏天回去的时候，10号为我举办了盛大的接风洗尘宴，他包下了一家小龙虾馆，我们几乎吃掉了一条河的小龙虾。10号说，这个，就是我的兄弟，在我们小的时候，他就是一个圣斗士，哈哈哈哈哈。现在，他依然是大家的兄弟，在这个县里，你就是老二。

虽然是客套话，但是我依然对10号的恭维觉得奇怪。我一直想告诉10号，我去的不是军工学院，帮不了你造武器的，我对你们的社团起不到什么帮助。但是我打消了这个念头，在这个夏天湿漉漉的夜晚，10号直接抽出一把枪，说，兄弟，你玩玩。

我忙摆手，问他，真的假的。

10号说，当然是真家伙，假的带在身上，那还不被兄弟们笑死。

我说，你哪里来的？

10号说，你不知道吧？小时候小学的校办厂，它原来就是生产枪的。我也是到后来才知道，你看，我要了这个型号，六四式，一枪一个。

我看了一眼，说，你开过么？

10号举起枪，朝天砰地一枪，回声在这个小镇上飘荡撞击了三四次，我抬头望去，刺眼的月光和若隐若现的树叶摇曳着。10号乐不可支，看着我，说，开过了。

10号搂着我的肩膀，我们坐在一个公共汽车站前，10号说，娘的，这个娘们。我最近撩上了一个女的。哦，我先跟你说，前两天我还看到了一个片子。一部电影，讲少年杀人事件的，但是我被骗了，这根本就不是一部枪战片，这片子太臭了，太闷了，但我每次都想，我要是不看了，我就对不起我刚才浪费的时间，我就看完了，结果还是个闷屁，三个多小时。但是我从里面学会了一句话，一句台词，也是一个娘们说的，我就把这句台词发给了我撩的那个女的，我发短信告诉她，我就像这个世界，这个世界是不会变的，来适应这个世界吧，哈哈哈哈哈。

我说，嗯，还挺文艺的，撩那些爱唱歌写东西的女的还行。

10号说，没想到这个女的给我回了一条，你猜她回的是什么？

我说，她是不是说，好。

10号说，不是。女的都对我言听计从，这个还真有性格。

我说，哈哈，那就是她把你拒绝了，她说，你太霸道了，我喜欢润物细无声。

10号说，是这意思，但你猜，她回给我的短信是什么？

我说，她……是不是回了一个不字？

10号说，这也不是，她把我给她发的那条给发回来了。

我哈哈大笑。10号一脸苦闷说，让我办了她，她就是我的人了。

我打击他道，那你还得要先开好房间，灌醉人家。

10号说，不用，普天之下都是床。

我深深被10号所折服。现在的10号和以前的10号还是有所不同，以前的10号只能欺负身边的小朋友们，我也深受其害，如今他已经懂得恰当的爱恨情仇。我常想，为何对于那些聪明的人，仇和恨总是能把握得如此好，却总是栽在爱里。

我说，10号，你小心把自己栽进去。

10号说，不会的，我知道女人喜欢什么，我太了解了。这些假装文艺的女人，你知道她们是什么吗？

我问他，是什么？

10号指着对面一个写着大大的“拆”字的修车铺，说，就是这些违章建筑，我要强拆了她们。

我笑而不语。10号的性格从小这样，在他小的时候，周围有不少人讨厌他，但这就是我没有讨厌他的原因，我觉得他就是一个粗制滥造没有文化的丁丁哥哥，他们是事物的两个方向，但却是同一样事物。10号那样滥，但有时候能泛出亮光。丁丁哥哥虽然总是充满光芒，但他也有背对着我们的光斑。

其实让肖华哥哥在严打时候被关了好几年的那台摩托车，是丁丁哥哥偷的，因为丁丁哥哥太喜欢摩托车了。我坐在这台摩托车上随丁丁哥哥开了两百多公里，我们过足了瘾，开到没油。丁丁哥哥在另外一个市里把它卖了。我们又坐长途车颠回了家里。我们到家的时候已经半夜，我的家人都在寻找我，但是他们看见我和丁丁哥哥一起回来就放心了。丁丁哥哥说，我在带弟弟体验生活，我带他去了市里的少年宫，那里正有一个少年活动，还和滑稽戏演员刘小毛合拍了一张照片。

当看见是丁丁哥哥带我回家的，所有的家人都转怒为喜，心平气和地说道，丁丁啊，下次带小家伙出去先和大人说一声。不过你带着我就放心了。来，快谢谢丁丁哥哥带你去长见识。

我在旁边玩着手指不出声。

在丁丁哥哥剪断锁的时候，我正在望风，当丁丁哥哥拆开仪表台不用钥匙就能发动摩托车的时候，我心怀景仰，当丁丁哥哥骑着车在路上的时候，我春风沉醉。在开过一台警车的时候，丁丁哥哥对我说，路子野，这件事情你可不能往外说，你这一辈子都不能往外说，你知道么，你说了，我们两个就都完蛋了，你是我的从犯，你这一辈子都是我的从犯，你知道么?

而我正在看沿途的风景。我第一次坐上那么快的交通工具，第一次感觉那么自由的空气，但只害怕丁丁哥哥开得太快，我会从椅子上掉下去，其他的我无所畏惧。虽然只有两百多公里的旅程，但我觉得我的余生都坐在这台摩托车上，丁丁哥哥带着我，我靠着他的后背，去往已知却不详的前方。

10号打断了我的回忆，说，我买了一台很好的摩托车，我先带着这个妞去飙车，一路飙到海边，我要在海滩上办了她。

我说，你们到了哪一步?

10号说，她已经和我接吻了，我摸过她的胸，再往下就死活不让摸了。但明天，她就是我的人了，生是我的人，死是我的鬼。今天几号?7月15号，到明天，明天我就让你知道结果。

2006年夏天7月16日下午3时，10号和刘茵茵发生交通事故，刘茵茵当场死亡，10号在送往医院抢救三小时后死亡，因为事发现场还有手枪一支，曾被一度当成重大刑事案件处理，后无果。整个镇的大部分青年人都素衣参加了这场葬礼，我也去送别这两个朋友。整个过程里我不知道我是怎么想的，老大和老大的女人死了，而我是什么?

13

娜娜在车里已经熟睡，只要我一恍神，她便靠着车窗一边不醒。她说，这是孕妇嗜睡。我在一个看似非常老的路边国营商场里给她买了一个枕头，枕头上还绣着刺脸的鸳鸯，我换了一面给她枕上，她睁开眼睛，微微看了看我，并未言谢，问我，我们还有多远?

我说，不远，今晚就能到。

她说，好快。

然后她又坠入睡眠。

我说，娜娜，你的故事还没说呢。

娜娜睡眼蒙胧，喃喃道，乖，妈妈醒了跟你说。

十秒钟后，娜娜支起脑袋，在眼前挥了挥手，说，咳，什么呀，我都晕了，我睡一会儿再和你说。其实我都和你说了一路了，我也没有什么故事，都是一个钟的故事。也就是你们男人感兴趣的那些，什么别人的尺寸大小啦，时间长短啦，哎，你们不就喜欢听这些。我能有什么故事。你还有两个正儿八经的女朋友呢，一个孟孟，一个刘茵茵，哎，还都是叠字，听着都像干我们这行的，哈哈哈哈，来，给我看看孟孟的照片，趁我还没睡过去，我看看你女朋友漂亮不漂亮。

我从用了好多年的钱包里掏出了孟孟的照片。因为孟孟很漂亮，纯粹出于图片欣赏的角度，留着也无坏处，而且她也都嵌在我的大脑皮层里，不是不见到她的脸就能忘却，所以我留着她的照片，朋友们真要看看也无妨，对我来说也不是丢人的事情。你去看吧，看罢还我。

那是一张孟孟的彩色生活照，也许是放的时间太长，颜色都已经褪变，我不知道她和刘茵茵谁更漂亮一些，也许谁都不漂亮，她们只是存在我脑海里的浮像，海上花一般飘渺遥远。娜娜手里握着照片，看了一眼，打开了头顶的灯，又仔细看了一会儿。天色渐黑，国道上交通情况复杂，我没有办法去看她流露的表情，只能侧了侧身子问道，娜娜，怎么了？

娜娜完全脱离了我给她的抱枕，又低头看了看照片，贴近到失焦。然后嘴角一笑，看着我不语。

我加了一个挡，说，一到这个点，摩托车就特别多，对面的车都开着远光，要是窜出来一台摩托车，都看不见它，而且他们都不戴头盔，一撞就够呛，摩托车太危险了，我如果管交通，我就要强行让那些电动车和摩托车戴头盔，劫下来没戴的强行让他们买，然后驾校里第一节课就是晚上开车不能开远光，眼睛太难受了，白天开好几百公里不累，晚上开一个小时，眼睛就受不了，要是……

娜娜打断我，说，喂。

我说，嗯？

娜娜把照片还给我，说，我认得她，她就是孟欣童。

我问娜娜，谁？

旅途上的黑夜除了苍茫和畏惧以外，没有什么好形容的，无论是多么奇异美丽的地方，到了这一时刻，都只留下一样的凄然，有一些莫名亮着的路灯，光的深处不知道藏的什么，唯有一些集镇和补胎店能留下一些安全感。在月色里，我能看见视线穷极处的远山，黑压压的一座在深蓝色的幕布里，我开始胡思乱想那些山里的人家，不知道他们守着群山能做什么，也许夫妻俩洗了脚以后窝在床上看新闻联播备感幸福。但他们能遇上对的人么？他们如何相恋？山里遇上一个人的几率有多少？好在对他们来说，生活也无非是砍柴打猎，有大把的时间静候着。当然我相信，移动着的人永远比固定着的人更迷茫，我总是从一处迁徙到另一处，每到一处都觉得自己可以把饰演了三十年的自己抛去，找到自己性格里的10号，然后这就是我固定的戏路。我多么羡慕10号，他从出生到死亡，都在同一个地方。在我们这个必须不停迁徙的国度里，这比活着更显得弥足珍贵，而我却被每一个陌生的环境一次次摧毁。也许照着他的样子发展下去，他必然会被投进大牢，但是那又是一片十多年不变的环境，他拥有这扎扎实实的安全感，他虽然在这个世界里是亡者，但他在这片小小的土地上是王者，他连死都要带走我一直冰封着的女人，我却不曾怨恨他，我只是没有一张刘茵茵的照片。一个我爱的、死去的、没有相片的姑娘，这对女孩来说是多么好的一件事情，她在我的心中将不断地幻变，如丁丁哥哥一样，最终我忘记他们所有的恶，甚至给他们拼凑上一些别人身上的美，这对活着的人多么不公平，包括我自己。

这一夜，我终于开到了目的地，我必须于明天之前到达。其实任何旅途从来没有想象的那么久远，若愿意从南极步行到北极，给我一条笔直的长路，我走一年就到，让我开车穿过这个国家，给我一个一样会开车的伴儿和一台不会抛锚的车，两天就够。这对我来说并不是旅行，我在赶路，这就是我为什么一直担心1988会坏在路上。这是它和它的制造者相逢的旅程，我必须把1988牵过来。

我展开地图，用沉暗的灯光照着，娜娜依然在边上抱着枕头长睡不醒，我匀了她一点灯光，她毫无知觉，我仔细打量她的脸庞，今早化的妆还在她的脸上，我不知她该如何在今天晚上卸掉。这是个长江边的城市，夕阳早已西下，大江永远东去，我在车里不知道听到了风声还是江水的声音，我默然减慢车速，摇下车窗，仿佛是晚风吹过江边芦苇。我儿时便生长在江边，每次起大风，总是能够听见这样的声音。这声音时远时近，我不知道我究竟开在哪里。还没有进入城区，我看见了一家应该还干净的旅馆。我将车停下，娜娜依然没有醒来，我下车抽了一支烟，上楼去办房间，刚走几步，我又退了下来，把车倒了一把，将右边紧紧地贴着墙壁。因此反光镜还蹭到了一下，娜娜忽地醒来，说，哎呀，撞了。

我说，没有，我在停车，别紧张。

娜娜往右边一看，说，哎呀，为什么我这边这么黑？

我说，因为你那边是墙。

娜娜睡意全无，问我，我们到哪里了，你干吗去？

我说，我们应该到城郊了。你自己在车里看地图玩吧。

娜娜问我，你为什么把车停成这样？

我说，我怕你再跑了。

娜娜说，我不会再跑了，我本来是不想拖累你。

我说，当然不是怕你跑，这里城郊结合，我怕乱，我把车停成这样，再锁了我这边的门，你就安全一些。

娜娜紧紧抱着枕头，露出两只眼睛，点了点头，问我，那你去做什么？

我下车关上车门，说，我去开房间。

娜娜从头至尾盯着我，说，那你快一点。

我说，放心吧。

旅馆的前台在二楼，和一切旅馆一样，这里都是用钥匙开门的，我其实最害怕用钥匙开门的旅馆，我若有心，拿去配一把，就能永远打开这扇门，但好在我也不怕有人破门而入，所以我心里也踏实。我拿了钥匙，快步走下楼梯，我总是担心娜娜又不翼而飞。在楼梯转角，我看见娜娜依然抱着枕头看着楼梯，我放下心来，放慢步伐，从后座上拿了一些水和食物。说，娜娜，你从我这里爬出来。

旋即，我意识到娜娜还有着身孕，说，等等，你别爬了，我倒一下，否则你明天还得爬进去。

娜娜说，没事，我爬出来，说着已经爬了一半。

我搀扶了她一把。

娜娜问我，我们是住在一个房间么？

我说，当然是啊，你是要装纯情另住一个么？

娜娜说，不是，我怕你开两个，我会害怕。

我笑道，你害怕什么，你不是说把你扔到哪里，你都活得好好的？

娜娜说，话是这么说，但晚上我还是怕。白天我就不怕。

我说，我们上楼吧。

娜娜有话欲言又止。我说，你怎么了？

娜娜说，其实，我……

我手里提着重物，催促她，其实你怎么了？

娜娜说，我饿了。

我笑道，真是，把你给忘了，你一路上都在睡，我自己不停地吃，倒是吃饱了。

娜娜说，那我吃点泡面就行了，我们还有火腿肠。

我说，别，我带你去吃点。

娜娜看着我，没有推辞，看来是真的饿了。

我打开车门，娜娜又一头扎了进去。我说，娜娜，你别爬了，你坐后面不就行了？

娜娜说，不，我要坐在边上。

我说，那你等一等，我把车开出来，你再上车不就行了。

娜娜一犹豫，说，哎呀，你早说，我爬一半了，怎么办？

我说，那你还是继续爬进去吧，女生都不太擅长于倒车。

娜娜边笑边说讨厌，一会儿爬回原座。我发动1988，在这条街巷里往前开。这里的饭店都关得早，开着的都是烤串，我对娜娜说，吃烤串对身体不好，我们找一个别的。我又往前开了一会儿，我看中了一家多功能饭馆，上面写着，东北菜、火锅、家常菜、麻辣烫、烤串、四川风味。

娜娜看着招牌，感叹道，哇噢。

我说，就这里吧。

娜娜问我，会不会是地沟油？

我说，我们点一些不用油的菜就行了。

娜娜问我，什么菜不用油？

我说，烤串不用油。

这顿饭我一直看着娜娜吃，娜娜吃得特别专心，但也时常抬头看我一眼。旁边的人招呼她，小姑娘，吃慢一点。

娜娜说，我觉得好轻松。

我问她，为什么？

娜娜抹了下嘴，回答我，因为我到了一个完全陌生的地方，不像在以前的镇上，基本都认识，现在他们都不知道我是干什么的。

我说，我也是这样，才一个地方一个地方地换，希望自己每到一个全新的地方就能重新来一次。

娜娜诧异地看着我，张大嘴，说，难怪你一直不肯说自己是做什么的，你是鸭子么？

我瞪了娜娜一眼，说，哪有你想的那么肤浅，你当我什么人了，去做鸭子？

说罢，觉得隐约会伤害到娜娜，我后悔万分，娜娜似乎没有在意，说，哦，那你获得了新生没有？

我说，你快吃饭。你觉得舒服就好。说真的，你别在意自己以前干的什么，和我一样，换个新地方，重新开始，你能做到么？

娜娜说，做不到。

我说，为什么？

娜娜说，我没那么不要脸，干的事还是得承认的。况且我换了一个新地方，也是重新干这行当，怎么说来着，重操旧业，真形象。我来这里投靠孙老板，等我生了孩子，不也是干这个，只要我的孩子不干这个，就行了，我愿为她不干这个而被干死。

我被这饱后豪言雷住了，只能接话道，是，母爱真伟大。

娜娜露出自豪的微笑，说，那是，我告诉你这个大嫖客，我的女儿那一定是……

我打断正在思索的娜娜，问道，娜娜，为什么你和刚才在车里反差那么大？

娜娜怔了一下，回答我说，可能因为屋子里比较亮。

我们停回到了旅馆的门口，因为是逆向而来，娜娜死活逼着我把自己那边的车门贴着墙壁，然后欢快地跳下车，笑着对我嚷着，来，爬出来，哈哈哈，我来给你拍张照。她掏出自己的手机，在微光的黑夜里按下快门，然后扫兴地说道，什么都没有拍到。

我扶着她的腰进了房间。这又是一间很标准的标准间，但是有电视一台。我问娜娜道，娜娜，是不是比你昨天晚上住的那个……哦，是我们住的那个旅馆的房间要好一些？

娜娜故意不说话，道，我要洗澡去了。

我哈哈大笑，说，小王八蛋，想跑。

那一刻，我已经完全忘记了想跑的自己。

我帮娜娜去卫生间里扫视了一圈，确定有热水，还拆了一袋十块钱的一次性毛巾，说，娜娜，你就用这个吧，这种地方都不干净，别感染了什么。

娜娜接过毛巾，道，哦，谢谢。

我躺在床上，打开电视，电视里正在放1982年的《少林寺》，但每十分钟都会打断然后插播声讯电话智力问答，今天的题目是，有一种饼，每年只有在一个特殊的节日吃，这是什么饼？请快快拨打下面的电话，服务费一分钟一元，现在的奖金已经累积到一千元，第一个打进电话将获得奖金。主持人正在着急地呐喊，这时候接进来了一个电话，电话那头一个男人的声音大喊道，是大饼。电视里“嘟”地叫了一声，然后出现了一个大叉，主持人说，哎呀，真可惜，答错了，现在奖金已经累积到了两千元。

紧接着，又开始播出《少林寺》。

娜娜此时冲完澡，光着身子出来，问我，你说，能看出来么？

我仔细盯着她的肚子看了半天，说，你是故意让它鼓出来的么？

娜娜说，你怎么知道？

我说，放松点。

娜娜一下子松懈了下来。

我说，嗯，能看出来一点，但是没有刚才明显了。

娜娜说，嗯，我要开始胎教了。我要唱歌，你去洗澡。

我冲完凉出来，《少林寺》又被无情地打断，奖金已经累积到了四千元，主持人又接进一个电话，电话里那人说，是葱油饼。电视上又是一个叉，于是奖金累积到了五千元。主持人又提示道，也许我们的这个问题是有点难度的，但其实只要动一动脑筋也不难，这个饼是我们每年中秋节的时候都要吃的，还要送人，是以那个天上的什么来命名的，我们已经提示很多了。好，现在我们再接进来一个电话。

电话那头是一个带着口音的女孩子说道，是印度飞饼。

主持人说，哎呀，还是错了，现在奖金累积到了一万元了。

女主持说，让我们再接进一个电话，这位听众你好，你觉得是……

电话里说，我觉得是鸡蛋饼。

女主持说，哎呀，真可惜，还是错了。因为我们答错的朋友实在太多了，所以现在的奖金已经累积到了两万元，第一个打电话进来猜对的朋友，可以赢得两万元的奖金。

娜娜一边擦着头发，一边问我，是月饼么？

我说，是月饼。

娜娜说，快把电话给我，两万块。

我说，娜娜，没用的，这是骗人的，这个城市人口快五百万了，你觉得五百万人里没有人知道中秋节送人的叫月饼么？

娜娜说，那不一定，说不定大家都没看这个台，快给我电话，在我那个裤子兜里，帮我拿一下，就在你手边，来，正好可以把我罚款的那个钱给赚回来。电话号码多少来着？

我夺过电话，说，娜娜，没用的，以前我们揭露过这个的……以前我看见报纸揭露过这个的。

娜娜说，不一定，你看到的报纸是别的地方的，说不定这个城市的是真的，你看，是有线台的，如果是假的怎么可能没有人管呢？快把电话给我。

我将电话给了娜娜，翻开一份报纸开始看。

娜娜拨通了电话，高兴地对我说，你看，我已经进入了语音排队系统。

然后就是将近十分钟的沉默，娜娜捧着电话专心致志地排队，电视里层出不穷地有人在回答“烙饼”“煎饼”“比萨饼”，我叹了一口气，说，这种节目要是让外国人看了，岂不是怀疑我们整个民族的智商？

娜娜说，你别说话，提示说快轮到我了。

我笑着耸肩看了娜娜一眼，自顾自看报。娜娜突然间把电话挂断了。我问她，怎么了，怎么不排队了？

娜娜难过地说，排队要一块钱一分钟，我里面的话费只有十几块了。我要留几块钱，因为我一会儿要打个电话。

我说，你是要打给孙老板？

娜娜点点头，看着我，说，我要开始打了。

我说，请你尽管打，我不会吃醋的。

娜娜说，不，我过了今天晚上再打。你什么时候去接你的朋友？

我说，明天中午。

娜娜说，那我明天早上再打这个电话。反正今天打明天打一样的。

我笑道，你是不敢打吧，你怕打过去以后停机了或者号码不存在，你可以先发一个短信啊。

娜娜说，我不喜欢等。

我说，你是喜欢立等可取、死得痛快的那种是吧。

娜娜说，也不是，你管不着，你睡你的，我睡我的。我睡这张床，因为这张床离卫生间近，你睡窗边那张。把电视关了，那个节目我不看了，别告诉我后来是谁猜对月饼了，哦，反正你也不知道。

我关上了电视，月光隐约地从窗里透出来。我说，娜娜，你睡着，我窗边站会儿。

娜娜笑着说，你是要和我一样，把光挡住么，哈哈哈哈哈，来，我多给你五十。

我转过身，说，娜娜，我没有力气开玩笑，我开累了，你睡吧。我站会儿。

我看不见娜娜的表情，只有一团黑影在床上支了一会儿，然后说了一声对不起，钻进了被窝。

我微微拉开窗帘，这是五楼，但周围没有比这个更高的楼，我想，远处就是江水，它流过宜昌、武汉、南京，最后流到入海，沉沉入海。楼下时常有改装过排气管的摩托车开过，还夹杂着少年的欢笑声。我打开烟盒，拿出火柴，回头看了看蜷缩在被子里的娜娜，又放回了口袋里，却莫名划亮了一根火柴，看见有一只蜘蛛正在窗框上爬得欢畅。娜娜从被子里起身，我转过身去，火柴最后的光正好照到她，旋即熄灭，她说，你怎么了？

我说，睡觉吧。

娜娜躺在床上翻了两个身，问，我能不能跑到你床上玩一会儿。

我说，你来。

娜娜火速钻到我的床上，睡进我的臂弯，说，你别误会，我可是一点都不喜欢你。

我说，我知道，你喜欢孙老板和那个王菲的假制作人。

娜娜捶我一下，说，其实，在我开始工作的这么多年里，你算是和我在一起时间最长的异性了。

我说，嗯，我包了三夜。

娜娜说，我们只过了三个晚上么？

我说，是，三个晚上。

娜娜感叹道，我感觉过了好久啊。但就算三个晚上，也是最长时间了。

我笑道，嗯，一般没有人会包你三个晚上吧。

娜娜说，讨厌。

我说，你知道我最喜欢你什么吗？

娜娜问我，什么？

我说，我最喜欢你怎么开玩笑都不会生气。

娜娜说，我会生气的，你要是开她的玩笑，我会生气的。

说着把手摁在她的肚子上。

无语一分钟，娜娜摇了摇我，问，你要那个什么吗？

我说，那个什么？

马上我明白了什么，连忙说，不用不用，罪过罪过。那天是我真不知道。

娜娜说，废话，我当然知道，我也不会再让你得逞那个什么了，但是你要那个什么吗，我可以帮你，比如说手手之类的。

我问她，什么是手手？

娜娜严肃地回答道，就是打飞机啊。

我大吃一惊，道，娜娜，你什么时候又这么不好意思起来，在我心里，你一直是很好意思的一个……一个女生。

娜娜说，可能没开灯吧，我不好意思。

我说，嗯，一般都是开了灯不好意思，你真怪。

娜娜说，我也觉得了，但到了光线亮的地方，大家都能看清楚了，我觉得我没有什么地方可以藏的，就放开了，但是到了没亮的地方，我总是想藏一藏。

我把被子往她头上一盖，说，那你藏一藏，但今天真不用手手和口口了，我明天要去迎接我的朋友，今天晚上我不能乱来。

娜娜说，真奇怪，你又不是同性恋，还要这样去迎接一个同性朋友，我能和你一起去么？

我说，我一个人去。

娜娜说，好吧，那快睡吧，我要回到我的床上去了。你的床太软了，我的床硬，我要睡硬的床。

我说，你这个理由真好，一个标准间里的床还有软硬。对了娜娜，当然，我不会，但是如果我那个什么的话，你打算怎么收费？

娜娜犹豫了半响，说，嗯，我想不收你钱，但我还要收十块。

说罢，她一把盖上被子，把自己蒙在里面，我只听到她仿佛很远的声音说，睡觉了睡觉了，收你两万块。

我本怕失眠，却很快入睡。

早上八点，我被闹钟闹醒，我起身僵着身子靠在床上。外面突然传来卡车的爆胎声，我颤抖了一下。娜娜在一边依然睡得满脸诚恳，我起床慢慢洗漱，仿佛迈不开步子，并且又洗了一个澡，从包里拿出一套干净的新衣服穿上，回头看了看娜娜，给她留了张字条，写着，千万别跑，我中午就回来，然后我带你一起找孙老板。虽然未吃早饭，但我丝毫没有饿意，只是胃部有些紧张，还带动了别的器官。我在1988边上上了一个厕所，再打开地图，木然开离。

中午十二点，我回到了旅馆，先去续了房费，接着到了房间。娜娜已经起床，窗帘完全拉开，桌上还有一碗馄饨。娜娜正在洗手间里洗头，我说，我回来了娜娜。

娜娜哦了一声，说，馄饨在桌子上，你朋友接得怎么样？

我说，娜娜，你不是昨天晚上才洗头么，现在怎么又洗头？

娜娜边擦着头发边出门说，因为我忘了昨天晚上我洗过头了，昨天晚上我说的话也都忘了，你可别放在心上，大嫖客。

我说，嗯。

娜娜接着说道，快吃，已经要凉了。

我说，哦。

娜娜一跳站到我面前，说，你仔细看看我的头发吧，一会儿我就要去剪成短头发了，很短的那种。

我说，为什么？

娜娜告诉我说，因为长头发对宝宝不好，会吸收养分。

我说，没那么严重吧，无所谓的。

娜娜说，有所谓的，你陪我去剪头发，怎么了，我怎么看你不太想说话？是我骂到你了吗？还是你朋友惹你不高兴了。哦，我猜猜，是不是你开了这么远去接他，还禁欲沐浴更衣，你朋友不领情啊？

我说，他领情。

娜娜笑道，那他人呢，怎么不上来？

我说，坐在车里，坐在后座上。

娜娜说，带我去看看，你打算怎么向他介绍我，我是无所谓你告诉他我是干什么的，但是我觉得这样会不会对你不太好，所以你暂时隐瞒一下也可以，反正估计过两天我们也就分别了，到时候你再慢慢说。我没问题的，我谈吐也不差，唱唱歌说说话，一般人都看不出来。你看我话说得有点搂不住了，你就给我一个眼色，我就收回来。你觉得怎么样？就这么着了，走，带我去看看你的朋友，这个馄饨就不要吃了，我们找个地方再去吃一顿，去接风洗尘。

说罢，娜娜挽着我的手臂下楼。到了最后一层台阶，娜娜松开了我的手臂，特意走在我的后面。下台阶后，她径直看向1988。然后看看我，说，你的朋友呢？

我发动了车，未说话。

娜娜坐到了车里，往后座看看，说，可能是你的朋友去买东西或者抽烟了。他的包还留在车里，不是包，是包裹，我看看。

娜娜转身吃力地拿起一个塑胶袋封的包裹，说，上面写的什么字，真难看。这是什么东西。

我看着娜娜，说，骨灰啊。

娜娜大叫一声，撒开双手，塑封的盒子掉在她腿上，然后她马上意识过来，又用手指抵着拿了起来，放回原处，说，对不起对不起，对不起你对不起你朋友。你早点告诉我，我就不那么胡闹了。

我说，没事。

娜娜问我，你的朋友怎么了？什么时候的事情？是……是他已经变成这样了，还是我们到了以后他变成这样的？

我说，他今天早上执行的，我朋友的律师早几天已经告诉我，说救不了了，不会有变了，肯定会核准，今天具体时间我也不知道，我只是去殡仪馆领骨灰。

娜娜小声问我，你的那个朋友犯了什么事？

我说，我哪能和你说得清楚，他的事都能写一本书。

娜娜问我，什么罪？

我说，……

娜娜低头说，我不多问了。我本来想今天告诉你一个不开心的事情，但是我觉得比起你，我的都算不了什么。

我把朋友的骨灰放端正，说，是不是没有找到孙老板？

娜娜咬下嘴唇，道，嗯，停机了，但是我给他发了几条短信，也许他欠费了。

我说，可能吧。我们去江边走走。

我开着车带娜娜到了江边，娜娜说，你是打算将骨灰撒在江里么？

我说，不，我只是走走。我有一堆骨灰要撒。到时候我留着他们一起撒。

娜娜问我，你怎么死那么多朋友？

我说，这倒是不意外，每个人长到这般岁数，或疏或近，或多或少，都死过几个亲人朋友。

娜娜问我，他们是你多好的朋友。

我说，我把他们当成人生里的偶像，我总是恨自己不能成为他们。

娜娜说，他们是死了才变成你的偶像的么？

我说，不是。

娜娜笑说，那就是变成了你的偶像以后就死了。

我也笑笑，说，也不能说是偶像，只是我真的羡慕他们，我总觉得自己也能像他们那样的，但他们为什么都离开得那么早。

娜娜说，哦，因为他们的性格容易死呗。

我说，如果是一个陌生人这么说，我说不定会生气，但其实也许真的是这样吧。你说，我什么时候才能像他们那样。

娜娜说，那简单，娶了我呗，你就和他们一样了。哈哈哈哈。

我也哈哈大笑，道，你开玩笑。

娜娜站定，没有露出任何的表情，说，难道你认识的人里面就没有混得特别好的么？有钱，有势，有地位。

我也站定，说，当然有，但我不喜欢他们，他们其实和我是一样的，只是我没有这些东西，而且那些人从来影响不了我，不过他们倒是活得都很好。

娜娜推了推我的手，道，你也别难过了。

我说，我也没什么难过的，我朋友也不是昨天才进去。这都不少时间了，我也去捞过，但是真的没有办法。

娜娜问我，那你朋友有对你说些什么吗？

我说，我只看望过他一次，时间特别短，他问了问我的情况，说，你快回去吧，这都录着哪，估计这次是够呛了。死倒是没有什么可怕的，怕的就是知道自己怎么死。你可一定要死于意外啊，这样才不害怕。你知道什么最可怕？就是害怕。

娜娜睁大了眼睛，说，有这么说自己朋友的么？

我说，你要习惯他，他这是真心祝福你。

娜娜说，他就这样说，然后你就走了？

我说，也没有，他把我叫回来，认真地看着我，我从未看到这个嬉皮笑脸的人这么认真，他说，记住，1988的机油尺是错的，那是我从一台报废的苏联产拉达轿车上拆下来的，加机油的时候不能照着这个刻度来，照着所有其他汽车来，加满一瓶四升的就行，那就错不了，否则你就等着爆缸吧。这台发动机太老了，爆了就不好修了。

我说，哦。

我对娜娜说，之后好多政府部门的人都问过我话，我其实就是他的一个朋友，也没有什么事情，但他也没什么亲人，他们就告诉我，让我来接他的骨灰。就是这样。

娜娜一知半解，只能看着昏黄的江水。

我带着娜娜在这个江边的城市里穿行，潮湿而迷宫般的道路没有给我造成什么困扰，现在是真的暂时没有什么目的地了，只是带着娜娜去寻找她的孙老板。当娜娜昨天晚上说出我只用给她十块钱的时候，我其实心头颤动了一下，但我想，我并不能接受她，她只是我旅途里的另外一个朋友，但我想我也羡慕她，她也许也会是我建筑自己的一个部分，因为她自己都这样了还敢把孩子生下来，我能看见她面对江水的时候眼睛里的茫然和希望。

我说，娜娜，我真当你是朋友，是什么样的朋友倒是不重要，什么都是从朋友开始的，我谈恋爱和人接吻之前的一秒，不也是朋友么。反正你的事儿，我能帮你，一定会帮你。我先帮你做一个产前的检查，刚才开车的时候，我看见一家医院，看着还挺好的，你若是喜欢这里，还要在这里找孙老板，我就陪你一阵子，反正我的下一件正事，也得明年开始。到时候你也可以跟我一起去。

娜娜说，嗯，好啊。我想孙老板估计还是干这个行业的，干了这个行业就脱不了身，老板也一样，我以前还听一个姐妹说过，他一定在这里的，我没事的时候就一个一个桑拿兜兜转转看看，你也别陪我，多傻的事情啊。早点找到孙老板就好，你也可以解脱，当然，你随时都可以解脱，和你一点关系都没有，只是你如果没事的话，也打算留在这里，我觉得我还是可以照顾你的，你别误会啊，我是真的这么想，至少我还不用照顾，当然，我可不要做你女人，我知道你也看不上，但闲着不也是闲着嘛，就互相照应一下。

我说，成，我带你去找那家医院。

娜娜说，嗯，我欠你的钱我可是都记着的，但我说了每次只收你十块，而且我估计要一年多以后才能开工了，估计也还不清楚，所以我肯定会还你，但现在我是真的没有办法，不过你真的别以为我是图你有那几千块钱，我一个朋友说的，你只有这些钱，吃屎都赶不上热的，我肯定不是贪这个，你不要乱想，你可以把钱扔了，我还是一样对你，或者你现在就跑，我也不会怨你。

我说，别废话了。

我们到了一家来时我留意的医院前，看着不公立不私立，阳台是长长一条，放满了花盆，垂下无数的枝叶。我说，娜娜，你去吧，我不陪你，我在车里坐坐。我仰望阳台，娜娜从这些植物前走过，对我笑笑。我向她挥挥手。她虽不漂亮，但此刻她真像走在舞台上的明星，也许是那天大自然打光打得好，楼转角墙壁上开的一扇窗正好将光芒折在她的身上。她走进了尽头的那间办公室。我把1988熄火，坐到了后座，很快就睡着了。

我做了一个梦，梦见我小时候爬在旗杆上。但是我看见校办厂里的人正在做着仿制的手枪，看见刘茵茵从远处走来，已经成年的10号牵着还是小学生的刘茵茵的手，周围的同学们纷纷把石块抛向我，我说，丁丁哥哥，快来救我。丁丁哥哥却在一边的滑滑梯上盘旋而下，他看起来岁数比我还要小。然后我就不知道被谁绑在了旗杆上，我顿时觉得很安全，至少我不会再掉下来。这时候，校办厂里的阿姨们全都冲出来，所有人都在拿我试枪，我眼睁睁地看着自己被打得千疮百孔，但还是在想，你们千万不要打中我的绳子，否则我就掉下来了。那天的阳光是我从未见过的明媚，那是四十度烈日的光芒，却是二十度晚秋的和风，我从未见过这样好的天气。

当我醒来，娜娜还没有下来。我看了看车上的电子表，发现已经过去两个多小时。我瞬间清醒，甩上车门，快步上楼，走到刚才我看见她进去的那间房间。里面的大夫看了看我，问，你找谁？

我说，我来找刚才那个过来做产前检查的女孩子。

大夫一下子站了起来，问，你是她什么人？

我说，我是她朋友。

大夫忙说，快去找，我们也都要找，这个要找到的，卫生局也要登记监测的。

我说，我去找，她往哪个方向走，要监测什么？这以前干什么的你们也能查出来么？

大夫说，我不知道她干什么的，就知道她出了这个门，知道了检查的结果以后，她说要去给老公打个电话，让他也过来。后来人就不见了。这个一定要找到的，不光光是她自己的事情，还有肚子里的孩子，她不能跑的，要做病毒母婴阻断的，生的时候也一定要特别注意的，否则很容易被母体感染的，乳汁也是不能喂的，而且现在还小，不要也还来得及。小伙子，你快去追回来。

我刚要往门外跑，又被医生叫进去，问，小伙子，你也要检查一下的，你和她是什么关系？

我说，朋友，但我可能也要检查一下。

医生说，来，你也检查一下，本来是一批一批出结果的，今天我就给你单做一个结果。很快地，你等一下就行了。

我木然说，哦。

随后，我告诉医生道，我再说了，我先去追她，要不就跑远了。

我在这座江城来来回回耗掉了十多箱汽油，去了几乎所有的旅馆和桑拿，问了每一个餐厅和网吧，我再未找到娜娜。幸运的是，也许不幸的是，我自己未被感染。在寻找无果以后，我回到了我来的地方。两年以后，我正要出发的时候，我接到了一个电话，我相信娜娜有我的电话号码，一定是我在洗澡的时候她偷偷拨的。中途的一个夜晚，我丢过一次手机，但是我一早就去等待着电信局开门补卡。这个电话的拨打者是一个女孩子，她说，有一个礼物要给我。

我说，快递给我。

她说，怕丢，不能快递。

我说，那就寄挂号信。

她说，会超重。

我说，那怎么办？

她说，我是娜娜的一个姐妹，她交代过，有一个东西要送给你。

我怕信号中断，马上到了屋外，说，娜娜在哪里？娜娜怎么样？她当时是怀孕的，后来怎么样？

电话里说，你的地址是哪里？娜娜说过，放心吧，给你的，都是好的。

我带着一个属于全世界的孩子上路了。站在我故乡那条国道尽头的友谊桥上，在稀薄的空气里，从凌晨开始等待，我从不凝望过往的每一台汽车。1988的点烟器烧坏了，我向一个路过的司机借了火，但我不想在这个时刻再和任何陌生人言语，所以我只能一支接着一支抽烟，那火光才不会断去。自然地，我站在车外。

几个小时后，香火终于断了，我俯身进车，捏了一把小家伙的脸说，我找找烟。打开了汽车的扶手箱，我掏到了在最深处的一个小玩意，取出来发现那是一支录音笔，我搜寻记忆，才想起那是娜娜扔在这台车里的。它躺在这里面已经两年，我按下播放键，居然还有闪烁着的最后一格电，娜娜轻唱着摇篮曲，我不知道是不是空气越稀薄，声音便传越远，还是空气稀薄的地方一定没有人烟和喧闹，我总觉得这轻微的声音在山谷里来回飘荡，我将录音笔拿起来，放在小女孩耳边，说，你妈。她兴奋地乱抓，突然间，歌声戛然而止，传来三下轻促的敲击化妆台的声音，然后是另外一个女声说道，娜娜，接客了。在娜娜回着“哦”的同时，这段录音结束了。我连忙抽回录音笔，观察着小家伙的表情，她似乎有所察觉，放下了小手疑惑地看着我。

我将录音内容倒回到被中断前的最后一声歌声，然后按下录音键，摇下窗户，我想山谷里的风雨声可以洗掉那些对话，覆盖了十多秒以后，我把手从窗外抽了回来，刚要按下结束，小家伙突然对着录音笔喊了一声“咦”，然后录音笔自己没电了。这是她第一次正儿八经说话，我曾一度害怕她不能言语。这第一声，她既不喊爸爸，也未喊妈妈，只是对着这个世界抛下了一个疑问。

天将黑的时候，我发动了1988，掉转车头，向东而去，如果它能够不抛锚，那么我离海岸线还有五千公里。如果它抛锚了，那么海岸线离我还有五千公里。也许我会在那里结识一个姑娘，有一段美好的时光。那会是一个全新的地方。但我至少等待过，我知道你从不会来，但我从不怀疑你彼时的真心，就如同我的每一个谎言都是真心的。但这一次，我至少是勇敢的，我承认的朋友们也会赞许我的行为，因为他们都会是这样的人，你也许会为我流泪，但也许心中会说，你太蠢了。

天全黑的时候，我停下了1988，小家伙正在熟睡，今天她居然没有哭泣。我从后座拿出了一个袋子，里面便是1988制造者的骨灰。在我心中，里面还有丁丁哥哥、10号、刘茵茵，我将他们撒在了风里。马上我知道了迎风撒东西是多傻的事，我身上沾满了他们的骨灰。我拍了拍衣服，想那又如何，反正我也是被他们笼罩着的人，他们先行，我替他们收拾着因为跑太快从口袋里跌落的扑克牌，我始终跑在他们划破的气流里，不过我也不曾觉得风阻会减小一些，只是他们替我撞过了每一堵我可能要撞的高墙，摔落了每一道我可能要落进的沟壑，然后告诉我，这条路没有错，继续前行吧，但是你已经用掉了一次帮助的机会，再见了朋友。

（全文完）

韩寒

1982年9月23日出生

作家、赛车手、导演

小说、散文作品总销量超2000万，被翻译成十余种语言在全球出版

作品：

小说

《三重门》《像少年啦飞驰》《长安乱》《一座城池》

《光荣日》《他的国》《1988：我想和这个世界谈谈》

散文

《零下一度》《就这么漂来漂去》《我所理解的生活》

杂文

《通稿二零零三》《杂的文》《可爱的洪水猛兽》《青春》

主编：

《独唱团》

《很高兴见到你》《去你家玩好吗》《想得美》

《不散的宴席》《在这复杂世界里》《和喜欢的一切在一起》

《我们从未陌生过》《可以不可以》

电影：

《后会无期》《乘风破浪》

赛车：

中国职业赛车史上唯一场地与拉力双冠军

扫一扫

来跟韩老师“寒暄”一下

1988：我想和这个世界谈谈

产品经理｜何　娜　　责任印制｜路军飞

产品统筹｜陈　曦　　出 品 人｜吴　畏

图书在版编目（CIP）数据

1988：我想和这个世界谈谈 / 韩寒著. -- 天津：天津人民出版社, 2017.12（2018.4重印）

ISBN 978-7-201-12624-1

Ⅰ. ①1… Ⅱ. ①韩… Ⅲ. ①长篇小说—中国—当代 Ⅳ. ①I247.5

中国版本图书馆CIP数据核字(2017)第283325号

1988：我想和这个世界谈谈

1988: WO XIANG HE ZHEGE SHIJIE TANTAN

出　　版　天津人民出版社
出 版 人　黄　沛
地　　址　天津市和平区西康路35号康岳大厦
邮政编码　300051
邮购电话　022-23332469
网　　址　http://www.tjrmcbs.com
电子信箱　tjrmcbs@126.com

责任编辑　温欣欣
产品经理　何　娜

制版印刷　山东鸿君杰文化发展有限公司
经　　销　新华书店
发　　行　果麦文化传媒股份有限公司
开　　本　880×1230毫米　1/32
印　　张　5.5
印　　数　18, 351-28, 350
字　　数　128千字
版次印次　2017年12月第1版　2018年4月第4次印刷
定　　价　39.00元